KB003587

오늘은 바람이 좋아,
살아야겠다!

시인이 사랑하고 사랑한
작가 11인의 창작노트

오늘은 바람이 좋아,
살아야겠다!

나무
발전소

차례

모든 예술은 타임머신이다

　"모든 예술은 타임머신이다"라고 누군가가 말했다. 맞는 말이다. 모든 예술은 타임머신이다. 그걸 타고 우리는 어디든 어느 시대든 갈 수 있다. 아주 먼먼 고대에도 그들이 남긴 예술을 통해 우리는 그들에게로 갈 수 있고, 그들을 만나 그들과 이야기를 나눌 수 있고, 그들의 손을 잡을 수 있다. 물론 상상을 통해서다.

나는 그 상상을 통해 내가 문학소녀 시절 아주 많이 좋아했고, 아주 많은 영향을 받은 작가들을 만나기 위해 타임머신에 올라탔다. 그들이 남긴 책과 그림과 음악을 통해 그들이 어디에서 무슨 생각을 하며 살았는지, 그들이 누구와 사랑을 나누다 헤어졌는지, 그들이 자신의 예술을 위해 어떻게 온몸을 불살랐는지…. 그들의 흔적을 따라 그들을 만나러 갔다. 그 여행은 아무리 힘들어도 아무리 슬퍼도 지루하지가 않았다. 지루하기는커녕 그들을 만날 때마다 내 영혼의 키는, 내 삶의, 내 문학의 키는 쑥쑥 자라는 듯했다.

나는 그렇게 11인의 문학 연금술사들을 만났다. 그들이 살았던 장소와 그들이 사랑했던 사람과 그들을 한 송이 타오르는 불꽃으로 피어나게 한 문학을 만났다. 그 만남은 진실로 내겐 커다란 선물인 동시에 매혹이었다. 그들이 쓴 작품뿐만 아니라 그들의 삶 자체에서도 나는 참 많은 힘과 감동을 받았다.

그들은 나와는 다른 시대, 먼 과거의 사람들이지만 그들이 겪은 고뇌와 사랑, 희망과 절망들은 오늘날 우리가 겪는 것들과 전혀 무관하지도 다르지도 않았다. 오히려 이 시대의 삶이 간절히 원하는 대답을 그들 속에서 찾아낼 때가 훨씬 더 많았다. 그들 역시 한 사람의 문학인이기에 앞서 한 사람의 인간이었기에 우리와 별반 다름없는 '인생'을 견디고, 살아내야 했다. 하지만 그들은 작가였고, 시인이었으므로 늘 깨어 있어야 했다. 그리고 삶보다도 더 중요한 문학에 자신을 내던져야 했다. 그 때문에 그들은 평범한 이들보다 '조금 더' 외롭고 쓸쓸하고 뜨겁고 고독했다. 손쉽게 내가 '조금 더'라고 표현했지만 사실은 '조금 더' 라는 그 표현 속에는 수천 개의 삶과 수천 개의 고독과 수천 개의 절망이 매달려 있었다. 그들은 전혀 평범하지 않았고, 평생토록 지치지 않는 열정으로 필생의 과업인 '창작'을 위해 힘겹게 고군분투했다. 오늘날의 내가 존재하지도 않는 타임머신을 타고 그들을 만나러 가는 꿈을 꾸고, 그 꿈 때문에 실제로 그들을 만나 그들과 데이트를 즐긴 것처럼 상상하고, 행복해하고, 아파하고… 그들을 사랑하고 흠모하는 것도 그들은 내 문학의 스승이고 내 문학의 연인이고 내 문학의 끝없는 자양분이기 때문이다.

내 삶에 그들이 있어 나는 외롭지 않았으며 더 큰 문학에의 꿈을 키울 수 있었다. 이 책을 엮으면서도 다시 한 번 그들에게 감사를 드린다. 비록 오래전 문예지 두 곳에 연재한 원고들이지만, 그 당시의 감동을 그대로 전하고 싶어 이렇게 책으로 묶게 되었다. 책으로 묶을 수 있게 도와준 나무발전소의 김명숙 사장과 끝까지 내 여행에 함께해준 프란츠 카프카, 마르키 드 사드. 르네 샤르, 고골, 바흐만, 거투르드 스타인, 콜레트, 에드거 앨런 포, 폴 발레리, 카렐 차페크, 나보코프께 큰 경의와 고마움을 전한다.

프란츠 카프카
특급열차를 타고

카프카, 유별나고도 심오한 방법으로 세계를 파악했던 그는
그 자신이 유별나고도 심오한 하나의 세계였다.
- 밀레나 예젠스카

피할 수도 피하고 싶지도 않은 마력

주룩주룩 비가 내린다. 하루 종일 이렇게 비가 내리는 날
엔 프란츠 카프카만큼 나도 고독해져 자디잔 빗방울에도 무수
히 찔려 피를 흘린다. 이런 날은 오랫동안 사랑한 작가를 만나
원기를 회복해야 한다. 그들을 만나 삶과 죽음 사이의 경계를
허물어 버려야 한다. 나는 옷장 깊이 처박아 두었던 레인 코트
를 꺼내 입고 주룩주룩 내리는 빗속을 향해 걸어 나간다 . '프
란츠 카프카 특급열차'를 타고 프란츠 카프카를 만나기 위해,
카프카가 잠들어 있는 프라하의 슈트라슈니츠 유대인 공동묘
지에 가보고 싶어, 그 묘지 앞에서 산 자와 죽은 자가 만들어내
는 적막의 꽃다발을 꺾어보고 싶어, 나는 '프란츠 카프카 특급
열차'에 내 두 발을 올린다.

'프란츠 카프카 특급열차'는 크리스티앙 가르생의 소설 『열차에 오르다』에 나오는 뮌헨과 프라하 간 도시 순환 특급열차이다. 그러나 이 열차는 소설 속에 나오는 가상의 열차가 아니라 실제로 프라하에서 한동안 운행되다 2001년 말에 없어진 열차다. 상상만 해도 재미있지 않은가. 어떻게 열차 이름에 프란츠 카프카란 이름을 붙일 생각을 다 했을까? 그것도 두 도시, 아니 두 나라 사이를 정확한 시간에 운행하는 열차에. 그러다 목적지에 닿기도 전에 무언가 이상한 힘이, 카프카적인 어떤 마력이 작용해서 승객들을 죄다 바퀴벌레나 쥐, 개, 원숭이, 두더지(카프카 소설 속 동물 주인공들)로 바꿔놓으면 어떻게 하려고…. 그래도 나는 꼭 한 번 그 열차를 타보고 싶다(물론 상상 속이지만^^). '프란츠 카프카'란 이름의 열차를 타고 내다보는 바깥 풍경은 '빅토르 위고'나 '괴테', '체 게바라', '아인슈타인'이란 이름의 열차를 타고 내다보는 바깥 풍경과는 분명히 다르고 흥미진진한 스릴이 있을 것 같다. 그리고 설사 그 열차가 유령열차이거나 마력열차인들 어떠랴. 프란츠 카프카란 작가 자체가 이미 피할 수도 피하고 싶지도 않은 '마력'인 것을!

이방인보다 더 낯선 자

상상 속의 프란츠 카프카 특급열차는 텅 비어 있지만 내가 지금 입고 있는 티셔츠엔 카프카의 얼굴이 새겨져 있다. 그러니 나는 지금 그와 함께 있는 셈이다. 그와 함께 이 열차를 타고 프라하로 향해 가고 있는 셈이다. 그가 쓴, 짧은 시를 닮은 「인디언이 되었으면」의 그 인디언처럼….

인디언이 되었으면! 질주하는 말잔등에 잽싸게 올라타, 비스듬히 공기를 가르며, 진동하는 대지 위에서 거듭거듭 짧게 전율해 보았으면, 마침내는 박차를 집어던질 때까지, 박차가 없어질 때까지, 마침내는 고삐를 집어던질 때까지, 고삐가 없어질 때까지, 그리하여 눈앞에 보이는 땅이라곤 매끈하게 풀이 깎인 광야뿐일 때까지, 이미 말 목덜미도 말 머리도 없이.

말 목덜미도 말 머리도 없이 허공중으로 사라지는 인디언처럼 열차는 계속해서 프라하를 향해 잘도 달려 나간다. 나는 반쯤은 내리는 비에 취하고, 반쯤은 카프카의 작품 속 주인공들을 떠올리며 문득, 이 세상 모든 풍경은 그 풍경을 바라보는 사람의 정신에 의해 달라지고 비슷해지는 건 아닐까, 하는 생각이 들었다. 같은 장소에 있으면서도 너무나 다른 시선들처럼.

프라하에 가까워질수록 비는 그치고 구름들의 색깔도 점차 밝아지기 시작한다. 나는 목이 말라 그가 유일하게 거부감 없이 마지막까지 마셨다는 레몬주스 한 모금을 마신다. 달콤새콤한 레몬주스 향이 코끝을 찡, 하고 울린다.

그는 나이를 먹을수록 시간이 지날수록 점점 더 좋아지는 작가들 중 한 사람이다. 그의 작품은(3천통이 넘는 일기와 편지글까지 포함) 읽으면 읽을수록 더 선명해지고 현실감의 부피 또한 더 확실해진다.

열차는 어느새 체코의 프라하에 닿아 크게 심호흡을 한다. 나는 열차에서 내려 체코의 프라하, 아니 카프카의 프라하에 두 발을 디딘다. 그가 생애의 마지막 여덟 달을 제외하고는 결코 떠난 적이 없었다는 프라하. 맹수의 발톱을 가진 어머니가 되어 그를 덥석 한번 물고는 절대 놓아주지 않았다는 백탑(白塔)의 고도, 프라하. 스메타나의 아름다운 몰다우(블타바) 강이 흐르는 빨간 뾰족지붕의 도시, 프라하. 나는 그로 인해 불멸의 도시가 되어 버린 프라하의 공기를 한껏 들이마신다. 아, 이

곳이 카프카의 프라하구나. 유럽에서 유일하게 중세와 근대, 현대가 공존하는 천년의 고도, 프라하. 다행히도 제2차 세계대전 중에도 피해를 덜 입어 도시 구석구석에 그대로 살아 숨 쉬는 로마네스크 양식에서부터 고딕, 바로크, 로코코 양식의 유서 깊은 건축물들. 정말 아름답고 고적하고 신비롭다.

블타바 강을 따라 그가 태어난 유대인 빈민 지역(게토)이 있었던 구시가지로 들어선다. 카프카는 1883년 7월 3일, 프라하의 구시가지 성 니콜라우스 사원 관할구의 '춤 투룸' 하우스 2층 27호실에서 태어났다(현재의 우 라드니체 거리 5번지에 위치했던 생가는 지금 정문만 남아 있다). 그가 태어날 무렵의 19세기 말 프라하는 다양한 인종들과 언어, 정치적·사회적 이념들이 한데 얽혀 공존하던 보헤미아 합스부르크 제국의 일부였다(그 즈음의 프라하 유대인 빈민 지역의 상황을 더 자세히 알고 싶으면 구스타프 마이링크의 소설 『골렘』을 읽어보면 그 지역에 대해 더 상세히 알 수 있다. 마이링크는 그 지역을 "악마적인 지하세계요, 고뇌에 차 있는 빈털터리의 장소요, 환영 같은 지역으로, 그곳의 무시무시함이 그 자체의 철거를 초래한 듯이 보이는 곳"이라고 표현했다).

카프카는 그곳에서 태어나 체코 출신 유대인으로 방언이

섞이지 않은 간결한 문어체인 프라하 독일어로 글을 썼다. 그 때문에 그는 체코인도 아니고 독일인도 아닌 '이방인보다 더 낯선 자'로 살았다. 그래서일까? 그는 평생 동안 자신을 향해 '나는 누구인가?'를 묻고, 또 물었다.

나는 누구인가?

"나는 '문학'이다. 문학 아닌 모든 것은 내겐 지루하고, 따라서 나는 그것들을 혐오한다."

자신을 문학이라고 서슴없이 말하는 남자. 문학 외엔 누구에게도 할 말이 없다는 남자. 평생을 글쓰기 외에는 어떤 기쁨에도 마음을 쏟지 않았던 남자. 글쓰기를 못하게 막는 것은 자신을 산 채로 토막토막 내는 것이라고 말했던 남자. 언제나, 늘, 보이지 않는 문학의 보이지 않는 사슬에 묶여 온몸에 전율을 느끼다가도 누군가가(그 사람이 사랑하는 여인일 경우에도) 그 사슬 근처에 얼씬거리기만 해도 기겁을 하며 온몸으로 방어했던 남자. 그야말로 문학에 미친 남자. 내가 알기로도 그만큼 제 자신을 문학으로 찢어발긴 작가도 없었으리라 생각된다.

그런데도, 그럼에도 나는 그가 좋다. 문학밖에 모르고 문학밖에 없었던 남자. 낮에는 '산업재해보험공단'에서 법을 다루는 일을 하고(그는 직장에서도 적이라곤 없을 정도로 누구에게나 친절하고 겸손했다고 한다), 밤에는 오로지 글에만 매달렸던 남자. 그럼에도 실생활은 모범적이었으며 블타바 강에 자신의 전용 보트인 '영혼의 목을 축이는 자'란 이름을 단 보트 한 척을 지니고 있을 정도로 보트 타기를 즐기고, 도시의 산책자, 도시의 인디언이라고 불릴 정도로 도시 구석구석을 돌아다니는 것을 좋아했다는 카프카. 정말 멋지다. 글도 잘 쓰고, 사람도 좋고, 그렇다고 샌님도 아닌, 그는 대체 어떤 사람이었을까? 그의 평생 친구였던 막스 브로트가 그에 대해 쓴 글을 보면 그는 비범하고, 강렬하고, 결코 허튼소리를 하는 법이 없는, 그런데도 유머러스하고, 겸손하고, 세상을 보는 방식이 늘 새로웠다고 한다. 그것도 몹시 슬프게 새로웠고, 실로 정수리를 치듯 새로웠다고 한다. 한마디로 참으로 보기 드문 아름다운 사람임에는 틀림이 없었던 듯하다. 그러했기에 두 사람의 우정 또한 세기의 우정으로 남아 있고, 우리 또한 그 우정 덕분에 '프란츠 카프카의 발견'이라는 큰 선물을 영원히 누릴 수 있게 된 것일 테니까. 그때 만약 막스 브로트가 카프카의 유언대로 그의 모든 원고를 불태워 버렸다면? 상상만 해도 아찔하다!

작은 우화

생전에 그는 7권의 책을 출간했다. 『관찰』(1912), 『화부』(1913), 『변신』(1915), 『판결』(1916), 『유형지에서』(1919), 『시골 의사』(1920), 『단식 광대』(1924, 사후에 나옴).

그 중 『판결(=선고)』은 하룻밤 새에, 1912년 9월 22일 밤 10시부터 23일 새벽 6시까지, 단숨에 썼다고 한다. 그 소설에서 그는 자신의 영혼(정신세계)의 세계지도 위에 길게 드러누운(점령해 있는) 아버지의 모습을 표현했다. 아버지를 사랑했으나 아버지의 사랑을 끝내 받아낼 수 없었던 게오르그(주인공의 이름)를 통해 그는 아버지에 대한 자신의 거대한 절망감을 표현해냈다. 나는 그의 소설 중 단 3일 만에 썼다는 『유형지에서』의 공포를 아직도 잊지 못하고 있다. 처음 그 소설을 읽었을 때 나는 마치 에드거 앨런 포의 소설을 읽는 것처럼 등골이 오싹했었다. 어쩌면 그렇게 말 수 적은 언어로 그토록 서늘하고 예리하게 순수한 공포를 표현해 낼 수가 있는지…

그는 정말 대단한 관찰자다. 어떻게 그렇게 태연하게 인간의 태도에서 전통적인 버팀목을 제거해 버리고 나서 그것을 끝없는 숙고의 대상으로 삼을 수가 있는지….

그가 창조해낸 그레고르 잠자(『변신』)와 게오르그(『판결』), 요제프 K(『소송』), 시골 의사, 그리고 『성』의 K… 등은 그가 죽고 난 뒤 약 30~40년이 지난 후 온 세계를 점령했다. 아마도 세계적으로 셰익스피어 이후 가장 많이 연구되는 작가가 되지 않았을까? 모두가 한결같이 그를 가리켜 "20세기의 사상가 중에서 고독한 현대인의 두려움을 그만큼 강렬하고 이해하기 어렵지만 그토록 진지하고 문학적이고 분명하면서도 악몽처럼 표현해 낸 인물도 없다"고 입을 모아 격찬하듯이.

그 격찬에 나도 한 표 던지며 최근에 『변신』을 다시 읽어보았다. 그리고 그 안에서 「작은 우화」란 글을 발견했다. 아, 나도 모르게 탄성이 새어나왔다. 이 짧은 글 속에 그의 모든 작품세계가 다 들어 있는 것은 아닌지, 하는 탄성이 나도 모르게 흘러나왔다.

"아!" 쥐가 말했다. '세상이 날마다 좁아지는구나. 처음에는 하도 세상이 넓어서 겁이 났는데, 자꾸 달리다 보니 드디어 저 멀리 좌

우로 벽이 보여 행복했었다. 그러나 이 긴 벽들이 어쩌나 빨리 서로를 향해 마주 달려오는지 나는 어느새 마지막 방에 와 있고, 저기 구석에는 내가 달려들어가게 될 덫이 놓여 있다." "너는 오직 달리는 방향만 바꾸면 돼." 고양이가 이렇게 말하곤 쥐를 잡아먹었다.

이렇듯 그의 글은 대개가 멀쩡히 눈뜨고 겪는 악몽과도 같다. 쥐는 자신이 바른 길로 가고 있는 줄 알고 신나게 달려가지만 그 쥐를 기다리는 건 고양이의 커다랗게 벌린 입이라니! 얼마나 섬뜩한가. 이처럼 그는 그의 책을 읽는 우리를 알 수 없는 불안에 떨게 하고, 압박한다. 끊임없이 뒤를 돌아보게 하고, 일반적인 사회 구조의 통념을 세밀히 관찰하고 들여다보게 만든다. 그것도 아주 투명하고, 간결하게, 박진감을 숨긴 태연한 일상어로!

아주 작고 소박하고 자유로운

대체로 위대한 이들은 경탄과 함께 혐오를 남기기 마련인데 이상하게도 그에겐 어떤 혐오감도 일지 않았다. 오히려 연민에 가까운 뜨거움이 내 목을 칼칼하게 했다. 그가 사랑한 여자들 대신 문학을 택했을 때도, 그 사랑이 자신을 베어내는 칼이 되길 원했을 때도… 나는 충분히 그를 이해할 수 있었다. 그가 유일하게 사랑으로 사랑한 듯한 밀레나 예젠스카(그녀는 그의 작품들을 체코어로 번역했으며, 그로 하여금 불멸의 명작인 『성』을 쓰게 만들었으며, 그 소설의 여주인공의 모델이기도 하다)의 말("그에게는 최소한의 은신처도 도피처도 없다. … 그는 마치 옷을 입고 있는 사람들 가운데서 혼자만 벌거벗고 있는 것 같다. … 아름답든 비참하든, 그는 삶을 기록하는 데 도움이 될 만한 모든 것을 포기한 사람, 그는 그런 운명을 타고난 존재 그 자체다.")처럼 그의 유일한 피난처는 책상뿐이었다.

"작가의 삶은… 책상에 달려 있다. 작가가 정신착란에서 벗어나려 한다면 결코 책상에서 멀어져서는 안 된다. 이를 악물고서 책상을 꼭 붙잡고 있어야 한다."

그렇게 그는 책상 앞에 버티고 앉아 글을 쓰고 또 썼다. "내 삶은 출생을 앞 둔 망설임이다"며 그 아픈 사투와도 같은 망설임을 잉크에 적셔 요제프 K와 그레고르 잠자, 단식광대와

곡예사, 가희 요제피네와 시골의사… 등을 창조해냈다. 일반 사람들이 보고, 듣고, 잡고, 말하는 것 너머에 있는 - 존재하지 않는 것, 보이지 않는 것, 들을 수 없는 것, 밝혀지지 않는 - 것을 글로 써 설득력 있게 이 세계에 전달하고 싶어… 그는 마흔한 살인 1924년 6월 3일 폐결핵으로 사망할 때까지, 쓰고 또 썼다.

그래도 그에 대한 안타까운 마음은 어쩔 수 없다. 아무리 문학밖에 없었더라도 누군가와 사랑에 아주 깊이 빠져보았더

내면을 사랑한 이 사람에게
고뇌는 일상이었고,
글쓰기는 구원을 향한
간절한 기도의 한 형식이었다.
프란츠 카프카의 묘비에 새겨진 글

라면, 누군가와 행복한 결혼에 골인했더라면… 하는 마음. 카프카의 연인 밀레나 예젠스카의 편지를 읽을 때면 그 마음은 더욱 커진다. 카프카가 밀레나와 계속 사랑을 유지했다면 어떻게 되었을까? 카프카와 밀레나의 그 독점적인 사랑. 카프카의 밀레나에 대한 사랑. 서로 나눌 수도, 서로 얼굴을 마주할 수도, 사랑이 내포하는 육체적인 대가를 지불할 수도 없는 사랑. 그런 불가능성 때문에 오직 정신적 상상과 자폐증적 격렬함만으로 길러진, 그 불모의 격렬함. 그건 분명 영적인 것과 육체적인 것의 일치만이 영원한 미(美)라 생각하고 또한 그것을 원하는 두 사람에겐 분명 비참한 사랑이었을 것이다.

그는 왜 끝끝내 밀레나를 밀어낼 수밖에 없었을까? 가슴 깊이 밀레나의 실루엣만 간직한 채, 그는 왜 사랑이 아닌 문학 쪽으로 자신의 발길을 돌렸을까? 그에겐 현실적인 만남과 물질적인 현존이 그처럼 두려웠을까? 육체가 없는 정열, 미친 듯 자아도취적인 그 정열을 오로지 문학으로만 쏟고 싶던 것일까? 이 난폭할 정도로 숭고하고, 타인에게는 심오할 정도로 무관심한 사랑을…. 그는 왜 그 사랑을 스스로 상상했던 죽음에로 몰아갔을까?

나는 목이 밧줄로 묶인 채 어떤 집의 일층 창문으로 끌려 들어간다. 그리고 아무런 동정심도 없고 무자비한 사람에 의해서 피가 흐르고 사지가 절단되면서 천장들과 가구들과 벽과 다락방을 뚫고 끌어 올려진다. 그러다가 내 신체의 마지막 조각들이 기왓장을 뚫을 때 빈 올가미로부터 떨어져 나와 마침내 지붕 위에 안식하게 된다.

그는 이렇듯 세상에 대해 너무나 진실하였기에 그 세상에 낙담한 채 평생을 문학만을 좇다 프라하 유대인 공동묘지인 슈트라슈니츠에 묻혀 있다. 그의 무덤 앞에는 그를 사랑하는 사람들이 놓고 간 사랑의 돌과 편지들이 가득 쌓여 있다. 그는 지금 무슨 꿈을 꾸고 있을까? 그곳에서는 문학을 저 멀리 던져두고, 늘 그리워하면서도 그렇게 살아보지 못한, ─ 프라하가 아닌 먼 이국의 회전의자에 앉아 그 창밖으로 사탕수수 밭이나 회교도의 묘지를 내려다보는 ─ 아주 작고, 아주 소박하고, 아주 자유로운 꿈에 취해 있을까? 제발! 그랬으면 좋겠다. 이제는 아주 편하게 머리 뚜껑을 활짝 열어젖히고 그 속으로 살랑살랑 부는 봄바람을 부드럽게 빨아들였으면 좋겠다. 사랑하는 여인의 무릎을 다정히 베고서!

프란츠 카프카
기념비.
프라하 스페인
유대 교회 사이
작은 공원에
세워져 있다.

'지옥'에서 만난 사드

마르키 드 사드와의 가상 대담

Marquis De Sade

'지옥'에 가본 적이 있는가?

프랑스 국립도서관의 '일반 열람실'을 지나 더 깊숙이 들어가면 '희귀 자료 열람실'이란 데가 있다. 이 '희귀 자료 열람실'의 한 서고가 바로 '지옥'이다.

이곳엔 미풍양속을 해친다 생각되어 대중에게 공개하지 않는, 할 수 없는, 펜이나 연필로 쓴 온갖 자유분방한 작품들이 진열돼 있다.

그 '지옥'의 식구 중 한 사람인 마르키 드 사드 후작(본명: 도나시앵 알퐁스 프랑수아 드 사드). 일찍이 아폴리네르가 "이전에 존재하였던 가장 자유로운 정신"이라고 극찬을 아끼지 않았던 작가. 18세기 프랑스 전역을 "성적 절정은 살해에 있다"는 말로 들끓게 만든 장본인. 하여 그는 평범한 사람이든 작가이든 시인이든 화가이든 그가 누구이든 간에 '에로티시즘'을 논하기 전에 꼭 한번은 짚고 넘어가야만 하는 거대한 장애물과도 같은 존재가 되었다. 나 역시 '에로티시즘과 문학'을 논하기 위해 그를 만나러 '지옥'으로 가는 중이다.

도대체 그는 어떤 사람일까? 어떤 사람이기에 근현대 최고 예술가들이 그토록 그에게 큰 관심을 기울이는 것일까?

그는 프랑스 프로방스 지방의 순수한 귀족 출신으로, 성도착(性倒錯)에 대한 날카로운 관찰을 시도, 인간의 자유와 악의 문제를 철저하게 추구한 작가이다. 한마디로 말해, 그는 성과 관계된 것은 무엇이든, 어떤 행위든 자신의 이름하에 용납, 가능할 수 있게 만든 사람이다.

그가 거처하는 지옥의 방문을 열자, 메모로 뒤덮인 사방 벽이 먼저 내 눈을 사로잡았다. 로트레아몽, 조르주 바타이유, 모리스 블랑쇼, 미셸 푸코, 질 들뢰즈, 로저 샤툭 등 내가 아는 작가들이 그에게 남긴 찬사 또는 격려의 메모들이었다. 그는 마치 그 메모들에 둘러싸여 보호를 받고 있는 듯 보였다. 나는 그에게로 다가가 단도직입적으로 질문을 들이댔다.

당신은 왜 이곳에 와 있다고 생각하는가?

사드   나는 전 인류를 부정하고, 그들에게서 탈피하고 싶
       어 인간 본능의 절대자유를 추구하였다. 당신들이
       입을 모아 말하는 그 '신성 모독죄'를 범하였다.

후회하는가?

사드   웃기지 마라. 지금도 나의 유일한 행동 규칙은 내
       게 행복(쾌락)을 주는 것이면 그게 무엇이든 선택
       한다는 것이다. 나를 못 말리는 이기주의자라 불러
       도 좋다. 내 사전엔 타인이란 없다. 타인의 어떤 큰
       불행도 나의 가장 사소한 쾌락과는 비교할 바가 못
       된다. 나의 목적은 폭발이다. 파괴적 에로티시즘을
       통해 인간을 파괴하고 그들의 죽음과 고통을 머릿
       속으로 즐기는 것이다.

당신은 이곳에 오기 전에도 바스티유 감옥에 오랫동안 감금된 적이 있었다.

사드   그렇다. 바스티유는 모든 인간들을 내쫓아버리고 사유의 대상인 내 욕망을 마음껏, 끝없이 키워 나가는 데 큰 도움이 되었다. 한번 생각해 보라. 생애의 절반을 감옥에 갇혀 자유를 박탈당한 한 작가를. 그런 자가 할 수 있는 건 복수의 글을 쓰는 것뿐이다. 글을 통해 그 사회에 복수하고 그들을 파괴시키는 것뿐이다. 나는 그 내기에 나 자신을 걸었다. 나의 글쓰기는 외적인 진실을 통한 타인의 설득과는 전혀 관계가 없다. 나의 글쓰기는 누구에게도 말을 걸지 않는, 순전히 내 머릿속에서만 진행되는, 절대적으로 고독한 글쓰기이다.

당신은 신과 인간이 금기시한 것들(수간, 송장과의 관계, 항문섹스, 난교 등등)을 비웃으며, 그 금기를 깨부수었다.

그 결과로 '사디즘'이란 이름을 역사에 남겼지만, 혹
자는 그런 당신을 자폐증 깊은 변태성욕자로 보거
나 자신의 무의식을 성적 폭력을 통해 실천한 범죄
자로 치부하기도 한다.

사드　　나는 범죄자도 살인자도 아니며 자유주의자이다.
내게 있어 성(性)은 아무런 규범도 없고, 고유의 규
칙도 없다. 나는 그저 본성에 따라 최절정의 사디스
틱의 순간을 꿈꿀 뿐이다. 모든 육체가 한 점도 빠
짐없이 고깃덩어리가 되고, 괴로워하고, 비열하게
되는 그 순간을 즐길 뿐이다. 내가 아는 한, 육욕 이
상으로 이기적인 정열도 없고, 육욕 이상으로 격렬
한 것도 없다. 내겐 쾌락만이 전부이며, 유일한 선
(善)이며, 모든 규칙, 모든 규범을 거부하는 성(性)만
이 절대 선(善), 절대 도덕이다. 그리고 내게 있어 인
간이란 남성과 여성이 아니라 주인과 노예로 구분
될 뿐이다.

주인과 노예? 그렇다면 그건 주종의 관계가 아닌가?

사드　그렇다. 인간은 누구나 자연에 의해 우연히 태어난
　　다. 인간에겐 두 가지 기본적인 충동밖에 없다. 살아
　　남으려는 충동과 자기의 욕망을 채우려는 충동. 그런
　　과정에선 당연히 가진 자와 못 가진 자가 생겨나는
　　것이다. 그 외 어떤 사람과 다른 사람 사이에는 결코
　　아무런 관계가 없다.

　　그래서 당신은 언제나 사회적 배경이 삭제된 지하
　　동굴, 숲 속의 토굴, 외진 성 등을 소설의 배경으로
　　삼는 것인가? 그런 곳에서 이루어지는 성별과 아무
　　런 관계없는 온갖 잔인한 통음난무와 성도착증 난
　　교 파티와 살해와 고문 등 극도의 사디스틱 만행들
　　을 저지르는 것인가?

사드　그렇다. 내게 있어 도착은 타락이 아니라 발견의 행
　　위이다. 우리는 언제나 범죄가 주는 매력을 절정의

쾌락 속에 보존해야 한다. 그런 의미에서 내겐 유희의 파트너란 없다. 쾌락의 희생자만 있을 뿐.

그렇지만 그건 사회에 대한 복수라기보다는 사회에 대해 품성이 결여된 공격이 아닌가? 당신의 책 중 그래도 양호한 편인 『쥘리에트』의 예를 들어보자. 한밤중 잠이 오지 않아 무료해진 쥘리에트는 성적 본능을 자극시키기 위해 남장을 하고 총을 갖고 밖으로 나간다. 그리곤 아무 죄도 없는 절망에 빠져 울고 있는 한 가엾은 여자를 향해 -"나는 여자의 머리채를 거머쥐고 일으켜 세웠다. 한 팔을 그 여자의 허리에 돌려 엉덩이를 세차게 끌어당겼다. 그리고 권총의 총신을 여자의 질 속으로 쑤셔 넣었다. "죽어라 화냥년!" 하고 낮은 소리로 그녀에게 말하였다. "알겠니? 네가 평생 잊지 못하도록 화끈하게 해줄 테다." 나는 방아쇠를 당겼다. 여자를 팽이처럼 돌리며 영원으로 보냈다."-라고 말한다. 그것은 자신만의 성적 쾌락을 위해 악을 저지르는 것 아닌가. 내가 보기엔 극도의 자기파괴 의지로밖엔 보이지 않는다.

사드   인간은 본래 범죄자이다. 처벌이 두려워 욕망의 충
      족을 어떻게든 억제하고 있을 뿐이다. 악의 의미를
      긍정하는 그 자체가 바로 자유에 대한 긍정이다. 나
      는 흥분의 폭발 속이 아니면 섹스의 충족을 느끼지
      못한다.

      당신의 책 『소돔의 120일』을 이탈리아의 영화감독
      피에르 파올로 파솔리니가 영화로 만든 것을 본 적
      이 있다. 유감스럽게도 나는 그 영화를 끝까지 보아
      내지 못했다. 그 영화는 21세기에 사는 내게도 엄청
      난 충격이었다. 잔인하기 이를 데 없는 성도착과 역
      겨운(서로의 분비물까지 먹는…) 황홀감을 더 심취, 더
      강화시켜 즐기기 위해, 성 안의 사람들 중 누구라도
      이성간의 정상적인 사랑에 눈뜨는 기미만 보여도
      그 자리에서 그 당사자들을 공개 처형시켜 버리는,
      질릴 정도로, 아니 그만하라고 소리치고 싶을 정도

로 폭력적이고 범죄적인, 그러면서도 지루할 정도로 악마적인 광기의 순간만이 끝없이 계속되는…그러다 결국 죽음으로 치닫는….

사드 본래 관능이란 범죄 안에서 더욱 강해지고, 그것이 감당하지 못할 범죄일수록 그 극단성은 더욱 강해진다. 그리고 그것은 현실로부터 초월하고자 하는 생의 거부이다. 삶은 쾌락의 추구이며 쾌락은 삶의 파괴에 비례한다. 그리고 삶은 삶의 원리를 부정할 때 비로소 가장 강렬한 쾌락에 이를 수 있다. 나는 파괴가 느껴지지 않으면 아무런 쾌감도 느끼지 못한다. 당신도 알고 있지 않은가. 성욕과 살해욕망이 얼마나 깊은 관계인지? 성욕은 죽음의 고뇌에 빠질수록 심화되는 것 아닌가?

그렇다면 당신의 잔혹함은 완전히 의식적이지 않은가? 바스티유의 차가운 돌바닥에서 이루어 낸 성적 상상력의 과잉 아닌가? 그런 식으로 순간순간의 욕망을 모두 충족시킨다 하여 과연 그 사람이 행복하다고 할 수 있을까? 오히려 행복은 자신을 제어하면 할수록 커지는 게 아닐까? 당신의 사디즘엔 '수확체감의 법칙'도 없는가?

사드   나는 인간의 정신을 있는 그대로 드러냈다. 아마도 나의 책『소돔의 120일』은 그런 의미로 유일한 책이며 나는 그에 관한 한 전설적인 입증자가 될 것이다. 나를 두고 부질없이 '바벨의 섹스탑'을 쌓고 있는 게 아니냐는 둥, 그런 질문은 하지도 말라. 나는 자연의 법칙을 하나하나 위반하여 모두를 범하기 전에는 어떤 쾌락도 찾을 수 없다. 내게 있어 자연의 모든 것은 폭력이며 파괴이다.

당신을 보고 있자니 프란시스코 고야의 그림이 생각난다. 괴물과 광기, 참혹과 전율로 가득 찬…. 그러면서도 끔찍한 비이성적 유머가 곳곳에 스며들어 있는.

라코스테 사드 후작의 성

사드   아마도 그건 고야도 나처럼 인간 서정의 원천을 고
    갈시켜 무와 비이성의 비밀을 재발견해 내려 노력
    했기 때문일 것이다. 저기 저 벽에 적어 놓고 간 미
    셸 푸코의 메모처럼 "정상적인 문법에 대한 전복.
    문법의 규칙을 변화시킴으로써 사물을 변화시킬
    수 있다"는….

(그러고 보니 사드와 고야(스페인의 화가 1746~1828)는 닮은 점이 많다. 그리고 거의 동시대를 살았다. 고야는 사드보다 6년 후에 스페인에서 태어나 사드보다 14년 후에 프랑스에서 죽었다. 사드는 감옥에 갇힌 채 광기의 경계선을 넘나들었지만, 고야는 1792년 자신을 덮친 청각장애에 평생을 시달리며 무려 36년을 귀머거리로 살았다. 한 사람은 감옥에서 30여 년을 살고, 한 사람은 귀머거리로 36년을 살았다. 그리고 그 사이에 프랑스 대혁명이 존재했다. 그리고 둘 다 종교 체제에 병적인 공포를 지니고 있었다. 둘 다 극단적 고통의 강박관념에 시달렸다. 그러나 고야는 사드처럼 그 고통을 관능적 쾌락에 연결시키지는 않았다. 고야는 사드처럼 감옥으로 던져진 광인이 아니라 어둠 속으로 던져진 인간이었다.)

그 때문인지는 모르지만, 어쨌든 당신 같은 괴물을 보고 있으니 고야의 그림이 훨씬 더 잘 이해되는 것 같다. 현실이란 괴물을 쫓아내고자 그보다 더한 괴물을 그려내는….

사드　자연이란 오직 파괴하기 위해서만 존재할 뿐이다. 파괴 없이는 그 어떤 형태의 창조도 없다. 이 우주에는 심오한 법칙 따위는 없으며, 모든 것은 서로 죽고 죽이는 행위만을 계속한다. 지금, 당신이 살고 있는 21세기를 한번 둘러보라. 그래도 내 말이 틀렸는가? 모든 섹스는 폭력의 경향을 띠고, 모든 범죄는 섹스의 경향을 띠고 있지 않은가!

　　　그건 그럴지도 모른다. 그래서 당신은 그런 유언을 남기겠는가? "내가 죽으면 별도의 장례식 없이 내가 소유한 시골 땅 작은 숲에 그냥 묻어달라"고.

사드　그렇다. 내가 자연으로 돌아가는 한 방법이다. 나를 묻은 그 자리에 도토리를 뿌려서 그 나무가 자라면서 나의 흔적은 물론 나 자신의 모든 것을 흡수해 주기를 바란다.

장시간 사드와 많은 대화를 나누었다. 그리고 그가 있는 '지옥'을 빠져나오면서, 보통 인간들은 상상하기에도 힘든, 그 모든 잔혹한 성도착 행위들을 과연 그처럼 '제약 없는 자유'라고 말해도 되는 건지, 아니면 롤랑 바르트의 말처럼 사드는 종이와 글로 만들어진 '예술을 위한 예술'일 뿐이라 생각해야 하는 건지….

아아, 사드!

차가운 감옥 바닥에서 인생의 거의 절반을 보낸 그의 삶. 그는 그 엄청난 고독을, 그 끔찍한 절규를, 오직 한계 없는 광기로, 인간으로서 더 이상 참을 수 없는 극단의 행위까지 상상함으로써 자신을 견디고, 자신을 피에 젖은 육체의 몽상으로 채우고, 또 그것을 갈가리 찢어발기는 것으로 자신을 참아낼 수 있었던 것은 아닐까?… 그것도 계속되는 악몽이라는, 너무나 잔혹한 단조로움 아래에서!

밖으로 나오니 천국도 지옥도 아닌 밝은 햇살이 나를 반갑게 맞아주었다. 아아, 사드! 긴 세월, 바스티유의 차가운 돌바닥에 갇혀 자유를 박탈당한 채, 팽창할 대로 팽창한 에고로 그가 꿈꾸고 또 꿈꾸었을 가학적 에로티시즘의 극치. 죽음을 불사할 정도의 무절제와 무질서를 최악의 경지로까지 몰고 간 그. 그럼에도 불구하고 지독히도 유물론적이며 비관주의자였던 그. 그래, 그가 그 상황에서 할 수 있는 일(유일한 자유)이란 하나의 성적 공상에 '참혹함'이란 양념을 하루하루 조금씩 더 섞어 가는 방법밖엔 없었으리라. 더 극단적이 되고, 더 거칠어지고, 더 그로테스크하다 못해 괴기해져, 성 자체가 하나의 괴물이 되어 이 사회의 모든 규범을 철저히 파괴시킬 때까지!

그에게 신의 가호가 함께하길 빌며, 나는 "진정한 에로티시즘이란 땅이 꺼지는 듯한 환희를 추구하면서도 결코 침몰은 원하지 않는 것"이라 했던 조르주 바타이유에게 한 표를 던지며, '신성 모독죄'는 아무나 범하는 게 아니다. 세상에 금지된 것은 신성한 것이며 신성한 것은 금지된 것이다! 라고 외치는 '지상'으로 돌아왔다.

덧) 사드는 통칭 마르키 드 사드(Marquis de Sade)라 불린 이색적인 작가로, 아버지는 백작이며 외교관이었다. 페트라르카의 애인이었던 라우라의 가계(家系)를 가진 사드 가는 프로방스 지방의 명가로서 순수한 귀족이었다. 사드는 처음에 군인이 되어 7년 전쟁에 참전하였으며, 후에 사법관의 딸과 결혼을 하였으나, 아르쿼에유의 거지 여자 구타사건(1768)*과 마르세유의 봉봉사건(1772)** 등의 스캔들을 일으켜 투옥된 것을 시작으로 생애의 1/3 이상을 옥중에서 보냈다.

작품으로는 『쥐스틴, 또는 미덕의 불행』(1791) 『쥘리에트 이야기, 또는 악덕의 번영』(1797), 『알린과 발쿠르』(1795), 『규방철학(閨房哲學)』(1795) 등이 있고, 20세기에 들어와 처음으로 발견된 성도착(性倒錯)의 총목록이라 할 수 있는 『소돔 120일』(1904) 등이 있다. 사디즘(Sadism: 학대음란증)이란 말은 그의 이름에서 유래된 것이다.

---

* 1768년 4월 3일 부활절 날, 빅투아르 광장에서 구걸로 생계를 이어가고 있는 로즈 켈레그를 자신의 집으로 유인. 온갖 변태행위와 폭력을 저지른 사건.

** 사드가 어린 창녀들과 하인 아르망, 그리고 아내와 함께 자신의 성에서 남색행위 및 매질을 동원한 도착적 성행위를 벌인 사건.

1912년 기욤 아폴리네르가 편집한 사드 작품집에 수록된 사드의 초상화.

'시의 시인',
르네 샤르를 만나다

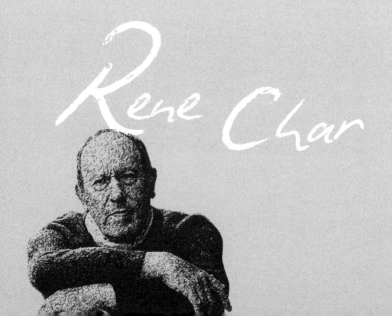

진실에 이르기 위해서 일상의 꿀만
모아 오는 시인이어서는 안 된다.
지평의 꿀벌이 되어야 한다.
– 르네 샤르

　오랫만에 작가앨범을 펼친다. 오랫동안 내가 좋아했던 작가들. 그들이 살아 있는 앨범을 펼치니 잔 먼지가 포르르 날리며 앨범 속의 얼굴들이 지상으로 떠오른다. 거의가 이제는 이 세상에 없는 사람들이다. 그들 중에는 천 년 전에 이 세상을 떠난 사람도 있고, 몇 달 전에 떠난 사람도 있다. 그러나 내 마음속에서는 여전히 살아 있는 사람들이다. 나는 그들 중 한 사람을 가만히 불러낸다. '시의 시인'이라 불리웠던 르네 샤르. 오늘은 하루 종일 그와 함께 지낼 생각이다. 그러려면 그를 만나러 가야 한다. 그가 살던 그의 고향집, 남프랑스 릴 쉬르 라소르그 마을에 있는 그의 집. 그 백색의 집으로 가야 한다.

백색의 집

나는 간단히 짐을 챙기고, 타임머신 위에 올라탄다. 1900년대의 남프랑스 릴 쉬르 라소르그 마을행 타임머신. 릴 쉬르 라소르그 마을은 라소르그 천(川)이 마을 한복판을 지나가는 작은 마을이다. 그 마을의 외곽, 마을을 한참 벗어난 들판 가운데 외딴 집. 그는 그곳에 산다. 울타리도 없고 대문도 없고 문패도, 초인종도 없는 조그만 백색의 집. 그가 사는 곳은 참 많이도 그의 시 세계와 닮았다. 그는 죽어서도 평생 사랑한 고향을 못 잊어 그곳에 은거하고 있다. 마치 우리의 백석 시인이 그 많은 오해와 편견에도 꿋꿋이 고향마을에 남아 평생을 살았듯이.

나는 큰소리로 그를 부르며 문을 두드린다. 81세의 노인(그는 81세에 이 세상을 떠났다)이 문을 열고 나와 나를 반갑게 맞아준다. 집 안은 여전히 책들로 어지럽고 조명 또한 어둡고 침침하나. 누가 유령의 집 아니랄까봐… 온 집 안이 뿌연 먼지로 뒤덮여 있다.

그래도 내가 좋아하는 자코메티의 스케치 그림과 프랑소와 비용의 시 「아침의 좋은 생각」이 아직도 벽에 걸려 있어 마음이 한결 가뿐해졌다.

나는 그에게 81세가 아닌 좀 더 젊은 나이로 변신하면 안
되냐고 묻는다. 그는 생전엔 한번도 그렇게 웃어보지 못했을
커다란 웃음으로 하하하! 웃으며 10년쯤 젊은 모습으로 변신
한다. 여전히 차갑고 날카롭긴 해도 지성미 넘치는 장골형의
모습은 늙어도 보기가 좋다. 얼굴 가득 흐르는 도도하고 단단
하고 차가운 선이 "나는 결코 순응의 시를 쓰지 않으리라"던 생
전의 그 모습으로 되돌려놓은 듯했다.

시사(時事)적인 것은 시의 가장 나쁜 적이다

생전의 그는 회견이나 인터뷰를 몹시 싫어했다. 그러나
오늘 내가 그에게 온 건 인터뷰어로서 온 게 아니라 그와 함께
하루를 재밌게 보내기 위해 온 것이니… 그도 그걸 아는지 불
쑥 찾아온 나를 문전박대하지 않고 기쁘게 맞이했다.

우리는 함께 유령의 집(?)을 대강 청소한 뒤, 나란히 앉아
차를 마셨다. 그는 차 대신 질 좋은 프랑스 와인을 마시자고 했
지만 나는 와인 대신 굳이 차를 마시자고 했다. 우리나라 안동
국화차의 향을 그에게 맛보여 주고 싶어 일부러 국화차 1봉을

준비해 왔기 때문이다. 차 맛이 괜찮은지 그의 안색이 금세 밝아졌다. 나는 그 틈을 노려 기억나는 시 한 편을 들려달라고 졸랐다. 시는 아무래도 그 시인의 육성으로 들어보는 게 제일 맛나므로.

그는 자리에서 일어나 1950년 갈리마르 사(社)에서 펴낸 시집『아침 일찍 일어나는 사람들』을 꺼내 그곳에 실린「영원한 나라!」를 읽기 시작했다.

그 나라는 오직 정신의 결연한 맹서, 무덤의 반대일 뿐이다.

나의 나라에선, 드높은 이상보다 부드러운 봄의 징후들과 초라한 차림의 새들을 더 좋아한다.

진리는 양초 옆에서 다가올 새벽을 기다리고 유리창문은 허술하기 짝이 없다. 아무리 주의한들 무슨 소용이 있나.

나의 나라에선 감격에 차 있는 사람에게 그 이유를 묻지 않는다.

뒤집힌 배 위에 사악한 그림자 있을 리 없다.

고통한테 안부를 전하는 일, 그것은 나의 나라에선 생소한 일
이다.

사람들은 증식될 가능성이 있는 것만을 차용한다.

내 나라에 자라는 나무들은 잎이 무성하고도, 무성하다. 가지
들은 열매를 맺어야 한다는 구속으로부터 자유롭다.

아무도 정복자의 선의 같은 것은 믿지 않는다.

나의 나라에선, 사람들은 늘 감사한다.

'고통한테 안부를 전하는 일, 그것은 나의 나라에선 생소
한 일이다' '내 나라에 자라는 나무들은 잎이 무성하고도, 무
성하다. 가지들은 열매를 맺어야 한다는 구속으로부터 자유롭
다.' '아무도 정복자의 선의 같은 것은 믿지 않는다.'— 상상만
해도 참으로 자유롭고 좋은 나라다. 그리고 참으로 절묘하게

잘 표현된 아름다운 시구들이다. 역시, '시의 시인'답게 언제, 어느 때 들어도 곡선 위의 세계로 직선이 지나가듯 힘이 있고 명료하다. 언어의 명징한 거울 앞에 앉아 자신을 투사하는 시의 설계도면 같은 데가 있다. 전통적인 시적 문체에 아포리즘을 융합해 고도로 압축시킨 저 팽팽한 직선의 긴장감! 오직 언어를 통해, 언어의 우주 속에서만 자신의 실체를, 자신의 고유한 영역을 모색하겠다는 저 인고의 집착! 그리고 영혼이 만들어 내는 기하학적인 저 감수성! 마치 시인과 세계가 언어를 사이에 두고 모종의 결투를 벌이고 있는 듯한 저 도저함!

나는 자리에서 일어나 책장에 꽂힌 그의 시집들을 차례로 훑어본다. 『주인 없는 망치』(1934), 『밖에는 어둠이 지배되고 있네』(1938), 『남아 있는 사람들』(1945), 『분열의 시』(1947), 『분노와 신비』(1948), 『아침 일찍 일어나는 사람들』(1950), 『경련하는 고요를 위해』(1951), 『군도의 말』(1962), 『역류』(1966), 『잃어버린 나신』(1971), 『향수 수집가』(1975), 『반 고흐의 이웃 사람들』(1985). 그리고 초현실주의의 창단멤버인 폴 엘뤼아르에게 헌정한 『병기창』(1929)과 제2차 세계대전 민간인들과 함께 구성한 지하단체에서 항독 전사로 활약하며 쓴 짤막한 메모 형식

의 단편들을 모아 묶은 『이프노스의 단장』(1946) 등등. (그러나

유감스럽게도 우리나라에선 그의 시집이 한 권도 번역되어 있지 않다.)

자신을 닮은 고양이를
품에 안고 있는
르네 샤르

초현실주의의 일원이 되었으나…

시를 쓰기 시작하면서 그 또한 다른 많은 시인들처럼 보들레르, 랭보, 네르발, 엘뤼아르, 아폴리네르의 영향을 받지 않을 수 없었다. 첫 시집이나 다름없는 『병기창』을 출간했을 때, 그는 그 시집을 과감하게 엘뤼아르에게 헌정했다.

그 계기로 그는 엘뤼아르와 친분을 맺게 되어 파리 중앙 문단으로 진출, 초현실주의의 일원이 되었다. 그러나 그에겐 초현실주의의 시학이 맞지 않았다. 그들의 시적 취지인 표현의 자유와 다양성에는 무조건 공감하고 싶었으나 그들의 트레이드마크인 자동연상기술법(인간의 무의식의 표현에 가치를 두는)과 대가들의 유명 작품들을 패러디하여 인용하는 방식들에는 회의가 일었다. 그가 생각하는 시적 모험이란 결코 이벤트성 강한 반란이 아니었다. 그러기엔 그는 너무 정직하고 역동적인 반항아였다. 그는 무엇보다도 '시인'이 되고 싶었다. '고독한 늪을 헤매는 거대한 수레' 같은 시인이 되고 싶었다. '아무것도 흔들지 않기 위해 세상에 나오는 것은 아무 가치도 없고 경의를 표할 것도 없다'고 생각했다.

그는 파리의 문단생활을 접고 고향으로 돌아와 한동안 창작활동을 하지 않았다. 그러던 중 제2차 세계대전이 터져 포병 군대에 징집되어 갔다. 프랑스군의 알사스전(戰) 패배로 다시 고향으로 돌아온 그는 나치에 대한 분노로 비밀지하조직에 가 담, 그곳에서 '알렉상드르'라는 가명으로 레지스탕스 대장이 되 어 맹렬한 항독 투쟁을 벌였다. 그 와중에서 절친한 친구 시인 두 명을 잃고 그 또한 큰 부상을 당해 다시 고향으로 돌아왔다.

그때부터 그는 창작활동에 심혈을 기울이며 연달아 시집 들을 발표했다. 1946년에 발표된 237개의 아포리즘으로 구성 된 『이프노스의 단장』은 그의 대표작이자 레지스탕스 문학의 걸작으로 꼽히고 있다.

그는 자신만의 독특한 시작법을 연구해 냈다. 고대 그리 스 철학자들(그들 중 그는 헤라클레이토스에게 많은 영감을 받았다) 의 대립 철학과 금언적 표현방식을 적극 시에 활용했다. 그리 고 파편적인 아포리즘 산문시를 쓰기 시작했다. 물론 그의 산 문시 역시 보들레르와 말라르메, 아폴리네르의 산문시 시도가 있었기에 가능했으리라.

거부와 항거를 통해 현실 세계에 참여하면서도 진리와 정 의에 대한 갈망을 담은 투쟁 형식의 그의 시들은 조르주 바타

이유, 알베르 카뮈, 조르주 브라크, 앙리 마티스, 스탈, 마르틴 하이데거 등의 눈을 사로잡으며 대중에게로 퍼져나갔다. 그리고 자연스레 그들과도 돈독한 우정은 물론 카뮈나 하이데거와는 평생 친구가 되었다.

사람들은 그를 '시의 시인'이라 불렀다. 그는 시 쓰기의 거의 전부를 시 자체의 본질을 포착하려는 극한적인 의지로 '시(시란 무엇인가?)'에 초점을 맞추고, 집중시켰기 때문이다. 그의 시 『분노의 신비』 중 한 구절처럼. "너는 네 본질 속에서 줄곧 시인이며, 네 사랑의 천정점에서도 줄곧 시인이다."

그리고 그는 거의 고향을 떠나지 않았다. 고향에 대한 애향심이나 집착 때문이 아니라 도시보다 고향이 훨씬 더 편하고 자유롭고 자연과 아우러진 인간의 삶다웠기 때문이다. 하여 그는 고향으로 돌아와 자신의 첫 번째 알파벳 A를 마을 어귀에 서 있는 한 그루의 꽃나무와 태양에게 바친다. "꽃이 핀 산사나무는 나의 첫 번째 알파벳이었다. 그리고 햇빛. 내 고향 프로방스의 햇빛은 내 문학 속 가장 빛나는 은유였다."고.

그는 8할이 햇빛인 고향마을에서 강과 산이 햇빛과 섞여 내는 이미지에 경탄하고, 그 치열한 명징성에 감득했다. 그 때문인지 그의 작품 속에는 고향마을의 지명들과 고향마을 사람들, 그리고 고향마을 식물군들이 자주 등장한다. 오염되지 않은 자연과 그 안에 사는 사람들을 통해 그는 삶에 있어서나 시 쓰기에 있어서나 그 둘을 분리하지 않고 합일하는 그 마을 자체의 시인이 되었다. 하여 시인을 사랑하는 고향마을 사람들은 그가 아직 살아 있음에도 마을 안에 그를 위한 기념관을 세웠다(1982년 개관). 마을 사람들이 시인에게 바치는 경의의 선물인 '르네 샤르 기념관'.

한 문화예술인의 기념관이 작가의 생전에 세워진 것은 전 세계를 통틀어 아주 드문 예라고 한다. 그는 그 답례로 그의 마지막 시집인 『반 고흐의 이웃 사람들』을 고향마을 사람들에게 바쳤다.

시는 인간의 끼니다

대부분의 시인들을 만나 왜 시인이 되었느냐고 물으면 한결같이 똑같은 대답이 돌아온다. "나는 시인이 되기를 선택한 것이 아니라 시인으로 태어났을 뿐입니다"라는. 그도 마찬가지로 그렇게 대답했다. 시인이 되기를 선택한 것이 아니라 시인으로 태어났을 뿐이라고.

그러면서 그는 계속 말을 이어나갔다.

시는 인간의 끼니다. 산과 새와의 관계와 같다. 시에 독자가 없다는 말은 사실이 아니다. 그것은 저널리즘 탓이다. 시는 현재나 과거나 항상 같은 방향이다. 현대시도 과거의 시와 근본적으로 다를 것이 없다. 사물은 그날그날 달라지는 것 같으면서도 크게는 동질적이다. 다만 저질의 시인이 있고 양질의 시인이 있을 뿐이다. 호메로스 이래 시는 달라진 것이 없다. 가령 고대 그리스의 엠페도클레스 같은 시인의 시를 읽으면 오늘 아침에 금방 쓴 시 같다. 라스코의 동굴벽화와 마찬가지다. 기원전 2천 년에 살았던 라스코 사람들의 아름다운 벽화를 보면 피카소의 그림과 아무 차이가 없다.

세계는 큰 변혁으로 많은 것이 흔들렸다. 땅만 흔들린 것이 아니라 사람도 흔들렸다. 시는 이 흔들림을 좇는 것이다. 시는 한순간을 신뢰하며 거기 머물러서는 안 된다. 시는 먼 앞을 내다보는 것이다. 시가 자라서 성숙하자면 50년은 걸려야 한다.

현대시가 어렵다고 말하는 사람들은 50년 후에는 우리가 젊었을 때의 시는 쉬웠다고 말할 것이다. 50년은 지나야 자리를 잃었던 시가 어떤 위치를 차지하게 된다. 시를 근시안으로 보아서는 안 된다.

맞는 말이다. 현대시든 고대 그리스 시든 대중 속에서 태어난 시는 극히 드물다. 나 역시 일반대중을 위해 시를 쓰느냐고 물으면 "네!"라고 선뜻 대답하지 못한다. 그건 브레히트도 마찬가지일 것이다. "시의 독자는 일반대중이 아니라 식자층이다. 시란 교양이 있는 사람들을 위한 것이다"라는 그의 말에 선뜻 반론을 제기하지는 못했지만, (그러나, 그래도, 나는 내 능력이 닿는 한 대중 속에서 대중을 위한 시를 써보고 싶다. 대중이 소화시키기엔 그의 시는 너무 아름답고, 너무 지적이다. 나는 그의 좋은 점을 취하되 그보다는 좀 더 쉽고 좀 더 소박한 시를 쓰고 싶다.) 삶과 시를 분리해 생각해 본 적 없는 내겐 그 또한 한 편의 내가 쓰고 싶은 시인 것을…^^

그러나 지금은 21세기. 모든 언어들이 언어의 집단수용소에서 탈출해 나와 온 거리, 온 세상을 범람하고 있다. 언어만으로 시를 쓰고 문학을 하기엔 힘이 너무 빠져버렸다. 말라르메가 추구했던 절대언어의 한계는 벌써 무너진 지 오래다. 그

런데도 유독 시인들만이 계속 종이(원고지)에 시를 쓰고 싶어
하고, 그것을 CD나 DVD가 아닌 책(종이책)으로 출간하고 싶어
한다. 그리고 아무리 아니라고 해도 보들레르나 랭보, 말라르
메, 로트레아몽, 그리고 초현실주의 시인들과 화가들, 후기 상
징주의 시인들의 영향 아래서 벗어나고 싶어 하지 않는다.

　　매스미디어가 발달하든 말든 시인들은 언제나 무한과 미
래의 경계에서 새로움을 향해 투쟁하며 자신만의 시를 창조해
내기 위해 고군분투한다. 앙리 미쇼의 말처럼 "문학 장르란 당
신들이 한 주먹에 때려잡지 못한다면 오히려 당신들이 당할 수
있는 적들"이라는 것을 너무나 잘 알기에!

　　어쨌든 그와의 만남은 즐거웠다. 시에 대한 무한한 경의
와 오만할 정도로 강한 시에 대한 사랑의 기를 듬뿍 받을 수 있
었던 것만으로도 아주 뿌듯했다. 그는 헤어지기 전에 내게 랭
보의 「취한 배」와 보들레르의 「아름다운 배」를 읽어주었다. 평
소에 그가 애송하는 시들이라며(랭보의 「취한 배」는 나도 무척 좋
아하여 「다시, 취한 배 위에서」란 긴 시를 쓴 적이 있다). 그리곤 귓속
말처럼 나직이 20세기 시인들의 시를 찬찬히 정독해 보라고
했다. 그 안에 소중한 보석들이 곳곳에 숨어 있으며, 때로는 글
쓰기에 있어서 '창조'라는 단어보다 더 한층 중요한 것은 '발

견'이 될 수도 있다며!

한적하고 조용한 그의 집을 나오면서 나는 그가 힘주어 말한 20세기 시인들과 "시사적(時事的)인 것은 시의 가장 나쁜 적(敵)이다"라는 말을 다시 한 번 곱씹으며 그의 시편 중 한 단락인 「천상의 새」를 나직이 음미해 보았다.

큰 두 눈이여, 내게 애원하지 마라. 욕망이여, 은밀히 숨어 있어라.

문턱 없는 연못이여, 나는 하늘로 사라져 간다.

실히 익은 밀밭 너머 자유로이 비상한다.

어떤 입김도 날음의 거울에 색칠하지 못한다.

나는 인간의 불행을 좇아 불행의 여유로 불행의 껍질을 벗기고 있다.

나는 항상 나다

삶의 단편들을 놓고 흐느껴봐야 무슨 소용 있겠어?
온 삶이 눈물을 요구하는 걸.
- 세네카

나를 어떻게 불러야 할까요?

아무도 나를 모를 때, 나 자신조차도 나를 모르고, 또 어떻게 불러야 할지 모를 때, 그녀는 내게로 다가와 시 한 편을 내밀었다. 「나를 어떻게 불러야 할까요?」

나는 그 시를 읽으며, 나를 어떻게 불러야 하는지, 내가 누구인지를 알아낼 방법을 모색해 봐야겠다는 생각이 들었다. 그녀처럼 나도 내 시로써 나를 불러내 보아야겠다는 생각.

한때 나는 나무였고 묶여 있었죠.

그 뒤 새가 되어 풀려 나왔고 자유로웠었지,

무덤 속에 갇혀 있다는 걸 알게 되었고

파열하며 튀어나와 더러운 알이 되었어요.

어떻게 나를 견딜까요? 나는 잊었어요

내가 왔고 어디로 가는지를,

나는 많은 생명들에게 넋을 앗기고 있지요

매서운 가시 하나와 도망가는 노루 한 마리.

오늘 나는 단풍나무 가지의 친구이며

내일은 줄기로 옮겨가고……

언제 죄는 그 윤무를 시작했는지요?

내가 씨에서 씨로 헤엄쳐 다니는 그 윤무를.

하지만 내겐 아직도 시작이 노래를 하고 있지

-혹은 종말이- 그리고 내 도주가 저지된다오.

나는 이 죄의 화살에서 벗어나겠어요

모래알과 물오리에게서 나를 찾은 그 화살.

아마 언젠가는 잘 알 수 있을 거예요.

한 마리 비둘기가 돌멩이를 굴린다는 것을……

한마디 말이 빠졌군요! 다른 말로 하지 않고서

어떻게 나를 불러야 할까요?

나는 그녀의 시를 읽으며 나도 모르는 새 그녀와 둘도 없는 친구가 되었다. 잉게보르크 바흐만. 그녀 역시 나와 다를 바 없는 한때는 아이였고, 소녀였고, 여자였다는 것. 그녀의 시에는 '여자'인 우리 모두가 스미어 녹아 있다는 것.

가만히 내 앨범 속의 그녀를 바라본다. 그녀는 '요정'과 '올빼미'라는 별명을 지닌, 평균 이상의 지적 여성이다. 이마가 넓고 눈이 서늘하고 웃으면 온몸이 함께 웃는 듯한 매혹적인 미인이다. 때로는 정신없이 산만하기도 하지만 아주 이지적이고 매력적인 여성이다. 그럼에도 인간의 사랑을, 특히 남자들의 사랑을 전혀 믿지 않았던 여성. 시인이 되기 전에, 문학에 미치기 전에, 미리 「나」라는 시를 써서 자신의 입장을 굳건히 한 여성. 끊임없이 줄담배를 피워대며 자신의 복합적인 성격을 끝없이 달랬던 여성, 독일어권의 전후 문학에서 가장 수수께끼 같은 인물이며, 신비스러운 그 외모만큼이나 신비스러운 언어로 사람들을 매료시켰던 여성, 잉게보르크 바흐만. 그녀를 만나기 위해 나는 로마행 비행기에 올랐다.

에리히 프롬이 '영광의 땅'이라 칭하고, 카르타고의 무적의 한니발이 끝내 정복에 실패한 땅, 정신분석학자 프로이트가 '천상에 온 것 같은' 느낌을 받았다는 곳. 성 베드로 성당이 있고, 바티칸 박물관과 미켈란젤로의 대작 「최후의 심판」이 걸려 있는 시스티나 성당이 있고, 그레고리 펙과 오드리 헵번이 출연한 〈로마의 휴일〉에서 오드리 헵번이 무서워하면서 손을 집어넣었던 '진실의 입'이라 불리는 트리톤(바다의 신)의 얼굴이 있는, 로마.

그곳 한 호텔에서 담뱃불이 침대에까지 옮아붙어 수수께끼처럼 의문사한 그녀. 그녀를 만나기 위해 로마로 간다.

그녀가 들려주는 그녀의 이야기

로마에서 만난 그녀는 심한 화상으로 인해 아직도 혼수상태였다. 살아남을 가망성 제로인 그녀를 바라보며 나는 그녀가 나를 위해 녹음해 놓은 테이프를 돌린다.

*

나는 1926년 6월 25일, 오스트리아 남단에 있는 캐른튼 주의 수도 클라겐푸르트에서 태어났어요. 그곳은 슬로베니아인, 이탈리아인, 독일어를 쓰는 오스트리아인들, 그렇게 세 나

라가 만나는 '드라이랜더에크(세 나라가 만나는 지점)'라 불리는
국경 지대였어요. 내 꿈은 오로지 이곳에서 벗어나 빈에 가서
공부하고 싶다는 것뿐이었죠. 그러다 11살(1938년)이 되던 해,
나는 치유할 수 없는 마음의 상처를 입었어요. 오스트리아가
독일에 합병되면서 전쟁이 일어났거든요. 히틀러의 수많은 군
대가 클라겐푸르트로 진군해 오는 모습은… 그 끔찍한 야만성
만으로도 숨 막힐 듯 강렬하고 두려웠어요. 그 모습은 처음으
로 내게 '죽음과 공포'라는 보이지 않는 벌레가 스멀스멀 피부
밑으로 기어드는 듯한 말할 수 없는 '충격'을 주었어요. 나는
그 전쟁으로 인해 내 어린 시절이 산산조각 나는 아픔을 겪어
야 했어요.

　몸서리치는 전쟁이 끝나고, 1948년, 나는 드디어 빈으로
가게 되었어요. 금발에다 날씬하고 예쁜 나는 미모보다 지성으
로 사람들의 눈길을 더 끌었지요. 그리고 내 가방에는 처음으
로 쓴 시 「나」가 자랑스레 들어 있었어요.

노예 상태는 견디지 못한다

나는 항상 나다

어떤 것이든 나를 휘게 하려 한다면

차라리 나는 부러지겠다.

냉혹한 운명이 닥쳐오거나

또는 인간의 힘이 밀려오면

여기에, 이렇게 나는 있고 이렇게 나는 머무른다

그래서 나는 마지막 있는 힘을 다하여 머무른다.

그렇기 때문에 나는 오직 하나이다

나는 항상 나다

올라간다, 그렇게 나는 높이 올라간다

추락한다, 그렇게 나는 완전히 추락한다.

나는 빈에서 철학, 심리학, 독문학을 공부하면서 1950년, 「마르틴 하이데거의 실존철학의 비판적 수용」에 대한 논문으로 빈 대학에서 박사학위를 받았어요. 그러나 그 논문은 하이데거의 실존적 언어 철학을 받아들이면서도 그에 대해 반대하는 내용의 논문이었죠. 나는 언어의 존재론적 심연을 후벼 파면서도 모호한 하이데거의 철학보다는 비트겐슈타인의 논리적이고 명확한 침묵의 미학을 더 선호했어요. 천성적인 수줍음에도 불구하고 나는 빈에서 본격적인 문학 활동을 하기 시작했어요. 문인들이 많이 모이는 카페에서 비엔나 '47그룹'의 작가들을 만나고 그곳에서 내 시와 글들을 낭독했어요. 그리고 그 글들을 『린케우스』 잡지에 싣기 시작했어요. 사람들은 나의 글이 지나치게 분석적이고 남성적인 서술 관점에서 씌어졌다 하여 나를 '남자 바흐만'이라고 비웃기도 했지요. 그러나 내심 모두 놀라는 것 같았어요. 왜냐하면 내 글엔 잃어버린 것에 대한 슬픔과 한탄, 사멸해 가는 것에 대한 두려움, 근원적 존재에 대한, 날카롭게 깎여진 인식과 쓰디쓴 동경 같은 게 가득 묻어 있었거든요. 그건 누구도 흉내 낼 수 없는 나만의 언어로 '독일 서정시의 산'이라는 찬사까지 받아냈거든요.

게다가 나는 그곳에서 내 인생에서 가장 중요한 한 사람을 만났어요. '파울 첼란'이라는 시인. 그는 루마니아에서 태어나 독일어로 시로 썼으며, 프랑스에서 살고 있었지요. 그가 쓴 「죽음의 푸가」는 일대 선풍을 일으켰지요. 나는 그를 만나러 파리로 가곤 했지요. 우리는 서로 참 마음이 잘 맞았어요. 죽음

잉게보르크 바흐만

의 강제수용소에서 부모를 잃고 혼자 살아남은 그에게 나는 인간으로서 진실한 사랑을 느꼈어요. 우리는 서로 많은 편지들을 주고받았지요. 그가 1970년, 센 강에 투신자살할 때까지 우리들의 편지는 계속되었어요. (그와 함께 나눈 편지는 지금 오스트리아 국립도서관에 보관되어 있다. 그녀가 죽고 난 후 그녀의 유족들에 의해 2025년까지는 공개하지 않기로 약속되어 있다.)

첫 시집 『유예된 시간』

나는 대학교수의 길을 포기하고 빈에 있는 미군 수비대 비서실에 취직을 했어요. 그곳에서 방송국 일을 하면서 방송극도 썼어요. 그리고 '47그룹' 멤버가 되어 시 낭독에 참가했어요. 그러다 1953년, 나의 첫 시집 『유예된 시간』이 나왔어요. 얼마나 기쁘던지! 나는 그 시집으로 '사색하는 서정시인'이란 꼬리표와 함께 '47그룹상'을 받았어요. 정말 뿌듯했지요. 나는 다니던 직장을 그만두고 그 이후부터 내 중심 거주지를 로마로 옮겼어요. 그 당시 나와 가장 친한 친구는 작곡가 한스 베르너 헨체였어요. 나는 그와 음악과 관련된(가극) 작업을 함께했어요. 그 이듬해, 나는 독일에서 가장 뛰어난 주간 뉴스 잡지인 『슈피겔』지의 표지 인물로 선정되어 독일에서뿐만 아니라 많은 유럽인들의 관심을 받게 되었지요.

그렇게 나는 빈과 로마를 오가며 열심히 작업에 몰두했어요. 빈은 내가 일을 할 수 있게 만들어 주었고, 로마는 내게 즐거움과 휴식을 주었지요. 나는 내가 생각해도 이상할 정도로 사적인 사람이었어요. 말하지 않고 보이지 않는 비밀들이 많았죠.

내가 두 번째 시집 『큰곰자리의 외침』을 출간했을 땐, 나도 놀랄 정도로 열광적인 반응을 얻었지요. 물론 상(브레멘 시 문학상(1957), 게오르그 뷔히너 상(1964))도 받았지요. 나는 정치적인 모임인 '아톰 무장 저항위원회'에도 가입, 위원회 일원으로 다른 예술가, 작가, 지식인 및 그 밖의 아톰 무기 반대자들과 함께 열렬히 서독의 아톰 무기화에 항의했어요. 일각에선 그런 나를 비판했지만 나는 개의치 않고 계속해서 정치성 강한 내의사를 분명히 표명했지요. 내게 있어 진실을 외면한 정치적 현실 밖에서의 글쓰기란 있을 수 없는 일이었거든요. 그때 쓴 시가 「이른 정오」라는 시예요. 한번 들어볼래요?

벌써 파편 더미 속에서는

동화 속 새의 혹사당한 날개가 솟아나고

돌팔매질로 일그러진 손은

돋아나는 곡식 속에 묻힌다.

독일의 하늘이 대지를 검게 물들이는 곳에서

목을 베인 천사가 증오를 묻을 무덤을 찾고

그대에게 심장이 담긴 접시를 건넨다.

칠 년 후

시체8안치소에서

어제의 형리는

황금 술잔을 비운다.

죽음의 방식, 그리고 말리나

1958년은 내게 잊을 수 없는 해였지요. 그해 7월, 나는 파리에서 막스 프리쉬(스위스 태생인 극작가 겸 소설가)를 만났지요. 우리의 사랑은 수년간 계속되었으나 결국은 헤어지고 말았지요. (그들의 사랑은 독일 문학사에서 가장 슬픈 사랑 중 하나로 남았다.) 내가 쓴 방송극 『맨해튼의 선신』에서처럼 "사랑이란 이 세상의 어두운 면에 속하며 범죄나 이단보다도 더 해로웠어요. 사랑 자체는 죄가 없지만 결국은 파멸을 가져오니까요." 그 후유증으로 나는 약물중독자가 되어 갔어요. 하루에 먹는 약이 50알이 넘을 정도로 극심한 중독 상태로 빨려들어 갔어요. 그 즈음 나는 시 쓰기를 그만두고 소설에 매달렸어요. 발터 벤야민의 영향이 컸지요. 그가 「역사의 개념에 관하여」에서 강조한 '놀라움의 자세(놀라움 속에서 글쓰기)'가 내게 많은 도움을 주었죠.

나는 단편 산문집 『삼십 세』를 발표해 독일비평가협회 문학상을 받았어요. 그러다가 드디어 1971년, 『말리나』를 출간했어요. 『말리나』는 내게 세계적인 명성을 가져다주었지요. 나중에 그 책은 「프란차의 죽음」과 「화니 골드만을 위한 레퀴엠」과 함께 '죽음의 방식' 3부작으로 묶이게 되었지요. 나는 『말리나』

잉게보르크 바흐만, 『말리나』, 1971

를 통해 '우리 모두가 가지고 있는 살인자'에 대해 말하고 싶었어요. 전쟁이나 강제수용소 같은 곳에서 일어나는 살인이 아니라 평화로운 가운데 일어나는 살인에 대해 말하고 싶었어요. 인간 사회의 공동생활 속에서 일어나는… 그 살인자는 언제나 어떤 사람이 되는… 한 사람일 수도 있고, 여러 사람일 수도 있고, 대중일 수도 있는…. 그것을 진술하고 그것을 보여주고 싶었어요.

『말리나』에선 그것을 내 안에 있는 여성적인 것과 남성적인 특성의 내적 혼란과 갈등으로 구성해 '여성이기에 겪을 수

잉게보르크 바흐만
1926-1973
"우리가 단어를 가졌더라면,
우리가 언어를 가졌더라면,
우리는 무기가 필요치 않았을텐데…"

밖에 없는 죽음'의 방식을 표현했지요. 그러나 결국 나는 '죽음
의 방식' 3부작 중「프란차의 죽음」은 다 완성시키지 못하고 떠
나게 되었군요. 내가 죽고 나면 많은 말들이 회자하겠지요. 그
래도 후회는 없어요. 유일하게 자전적 소설인『말리나』를 읽으
면, 어느 정도 나를 이해하게 되겠지요. "내 언어의 한계는 내
세계의 한계를 의미한다"는 비트겐슈타인의 말처럼. 대신 나
를 묻을 때『말리나』중에 나오는 이 문장과 함께 묻어주세요…
꼭!

　이제 나는, 내가 그냥 예전의 내 모습을 되돌려 받는다는 생
각을 가끔 해. 내가 모든 것을 가졌던 시절, 명랑함이 제대로 된 명
랑함이었고, 내가 좋은 종류의 진지함으로 진지했던 시절, 그 시
절을 아주 즐겨 생각해. 그러다가 모든 것이 파손되고, 상하고, 사
용되고, 이용되고, 결국에는 파괴되었었지. 천천히 나는 개선해 갔
고, 갈수록 부족해져 가던 것을 보완했어. 그러고 나니 내가 치유
된 듯이 느껴져. 이제 나는 거의, 다시 예전의 내 모습이야. 그렇지
만 그 길은 무엇을 위해 좋았던 것일까?

**

잉게보르크 바흐만, 그녀는 47세의 젊은 나이에 이 세상을 떠났다. 그녀의 죽음은 아직도 수수께끼처럼 남아 있다. 미완으로 남아 있는 그녀의 삶처럼, 그녀의 작품처럼. 그토록 언어의 상투어(관용구)를 경멸하고, 시를 쓰거나 산문을 쓸 때 오늘날 대부분의 지성인들이 사용하는 언어를 저널리스트들처럼 '이용'하거나 '악용'하려 하지 않으려 했던 그녀. 명료하고 새로운 언어의 보행법으로 진실하게 작품에 임하고자 했던 그녀. 새로운 언어 없이는 새로운 세계도 없다는 것을 숙고하고 또 숙고했던 그녀. 그녀는 어디로 갔을까? 모든 사람들이 까만 황금빛 눈을 가지고, 더러움과 모든 짐에서 해방된, 그들이 생각했던 자유로부터도 자유로운, 그 측량할 길 없는 자유 속으로 떠난 것일까? 아님, 훨씬 더 모진 날들로 이루어진 저 '유예된 시간' 너머로 떠나갔을까? 그것도 아니라면 그녀가 쓴「스핑크스의 미소」처럼 이 세상 모든 왕국을 훌훌 털어버리고 홀연히 사라진 것일까?

그녀가 그립다. 그녀의 시가 그립고, 그녀의 책들이 그립다. 젊은 날, 그녀의 모든 것은 가난하고 외롭고 아픈 나에게

참 많은 위안과 힘을 주었다. 또한 그녀는 내게 홀로 있는 언어에게 어떻게 말을 걸고, 그 언어를 어떻게 시로 데려오는지를 가르쳐주었다. 잔인할 정도로 아픈 여자들만의 핏빛 언어로 태양과 바람과 폭풍우 속에서 어떻게 더 아름답게 더 명징하게 노래하고, 침묵하고, 불타오르고, 품고, 바라보아야 하는 가를!

또 무엇이 일어났는가 : 너는 시간을 알고 있다.

나의 새여, 너의 베일을 들고

안개를 뚫고 내게 날아오거라.

바흐만, 「나의 새」 중에서

우리는 모두
고골의 『외투』에서
나왔다

> 푸시킨의 산문이 3차원적이라면
> 고골은 적어도 4차원적이다.
> - 블라디미르 나보코프

눈물을 통한 뭉클한 웃음

오랜만에 고골을 펼쳐본다. 거의 십여 년 만인 것 같다. 도스토예프스키가 "우리는 모두 고골의 『외투』에서 나왔다"고 격찬하고, 러시아 문학사에 '고골 시대'라는 표현이 생길 정도로 한 시대의 상징이 되었던 작가, 니콜라이 바실리예비치 고골.

그를 만나기 위해 러시아행 기차에 오른다. 러시아는 기차를 타봐야만 그 광활한 대지를 온몸으로 느낄 수가 있다. 하루 종일 기차를 타고, 그 안에서 고골의 잊을 수 없는 소설, 『외투』(Shinel)를 꺼내 읽는다. 러시아 문학사에서 가장 가엾고 가장 가슴 아린 패배자, 아카키 아카키예비치 바시마치킨이 주인공으로 나오는 소설.

지금 읽어도 여전히 가슴이 아린다. 페테르부르크의 말

단 공무원인 바시마치킨. 일 년을 사백 루블로 근근이 먹고 살아갈 정도로 궁핍하게 살면서도, 왜 사는지 묻고 싶을 정도로 초라하고 하잘것없어 보이는 남자. 결혼도 하지 않고 날마다 출근하고 퇴근해서 집으로 가는 것이 전부인 삶. 그가 할 줄 아는 일이란 서류를 깨끗이 정서하는 것뿐이다. 동료들이 아무리 놀려대고 아무리 괴롭혀도 그는 묵묵히 서류 정서 일에만 몰두한다. 그러던 그에게 큰 고민거리(사건) 하나가 생긴다. 하나밖에 없는 외투가 너무나 낡아버려 더 이상 기울 수도 고칠 수도 없게 되어 새 외투를 마련해야 한다는 것.

그는 새 외투 마련을 위해 졸라맨 허리를 더욱더 졸라매가며 돈을 모은다. 그 과정에서 그에게도 처음으로 희망이란 게 찾아온다. 새 외투라는 희망이! (아무리 그래도 새 외투가 삶의 유일한 희망이고 삶의 최고의 목표라니! 심지어 그는 새 외투를 사랑하는 여인으로까지 생각한다.)

그렇게 어렵고 어렵게 마련한 새 외투를 입고 출근하던 날, 처음으로 그는 동료들의 진짜 관심을 받는다. 그리고 상사에게 처음으로 티파티에 초대를 받는다. 난생처음 누군가에게 초대를 받은 그는 기쁘게 그 상사의 집으로 간다. 그러나 사는 모습이 다른 그들과 어울리지 못하고 그는 자신과는 너무나 낯선 그곳을 몰래 빠져나오다 어두운 골목길에서 강도들을 만난다. 그는 흠씬 두들겨 맞고 새 외투까지 빼앗기고 만다. 그리고 결국 그 슬픔 때문에 죽는다.

죽어서도 그는 자신의 외투를 못 잊어 유령이 되어 나타나 그곳을 지나는 사람들의 외투를 빼앗는다. 그러다 자신의 외투를 찾는 데 도움을 주지 않은 관리의 외투를 빼앗고는 유유히 어둠 속으로 사라진다.

『외투』에서 뿐만 아니라 고골의 작품에는 인간의 전형이랄 수 있는 여러 형의 인간상들이 등장한다. 고골 특유의 뛰어난 문장으로 묘사한 그로테스크한 인간형들은 그 기괴하고 희극적인 모습들로 인해 오래오래 머릿속을 떠나지 않는다. 아마도 그것은 고골의 등장인물들이 소심하면서도 비이성적인 비루성을 띤 내성적인 캐리커처들이며 인간 본성의 추함과 악덕을 기묘한 디테일로 외면화시켰기 때문이리라. 하여 그의 작품을 통해 맛보는 웃음은 단순한 냉소가 아니라 눈물을 통한 뭉클한 웃음이 될 수가 있는 것이다.

"신은 인간의 지혜를 깊게 한다. 신은 무엇에 의해서 인간의 지혜를 심화시키는가. 슬픔에 의해서이다. 인간이 도망치고 숨으려고 노력하는 슬픔에 의해서이다" 라고 한 그의 말처럼.

소로친지 마을의 아주 작은 집

　『외투』를 다 읽는 동안 기차는 우크라이나 대평원으로 들어서며 폴타나에서 멈추어 선다. 나는 폴타나에서 내려 고골의 고향인 소로친지로 향한다. 우크라이나의 대평원이 펼쳐지며 노란 해바라기 밭이 나타난다. 끝없이 넓게 이어지는 해바라기 밭. 이런 해바라기 밭을 본 적이 있다. 네오리얼리즘의 거장, 이탈리아의 비토리오 데 시카 감독의 영화, 〈해바라기〉에서다. 죽은 줄 알았던 남편을 찾아 우크라이나 지역을 뒤지던 소피아 로렌. 그녀의 슬픔 앞으로 끝없이 펼쳐지던 노란 해바라기 밭. 영화 속의 그 해바라기 밭이 바로 지금 내가 바라보는 이 해바라기 밭이다. 고골이 태어난 소로친지 마을의 해바라기 밭!

　지금은 고골 기념관이 된 고골의 생가로 들어선다. 자그만 앞뜰이 보이고 작고 아담한 단층집이 나타난다. 뜰 안에는 고골의 흉상이 서 있고, 벽에는 '러시아의 위대한 작가 고골이

1809년 3월 20일 태어난 집이 여기 있었다'는 기념판이 걸려 있다. 기념판의 글이 아니더라도 터는 옛터이되 집은 옛집이 아니라는 걸 단박에 알 수가 있다. 전혀 고풍이 느껴지지 않는 새 집이다.

(맞다. 언젠가 책에서 읽었던 기억이 난다. 제2차 세계대전 때 나치에 의해 톨스토이, 푸시킨, 고골, 체호프의 집들이 점령당해 그들의 책들이 대부분 불쏘시개로 사용되었다는…)

고골은 이 집의 한 구석방에서 태어나 6주일 후 양친이 사는 바실례프카 영지의 집으로 들어간다. 바실례프카는 소로친지에서 40Km 가량 떨어진 곳으로 1946년 고골의 이름을 따 '고골례보로' 이름이 바뀌었다.

사과나무와 배, 살구나무 밭을 지나 그의 영지로 들어선다. 이곳도 고골 탄생 175년 되던 해, 모두 새로 재건되었다. 고골이 살던 곳이란 표시가 없으면 여느 집들과 다를 바 없는 평범한 집이다.

모스크바 아르바트
광장이 시작되는 거리에
세워진 고골 동상

로마

고골은 1828년 고등과학중학교를 졸업하고 장래 희망인 위대한 행정가가 되기 위해 수도인 페테르부르크로 입성한다. 그곳에서 하급관리가 되어 신문, 잡지에 글을 투고하며 문학에 대한 야망을 키웠다. 그는 우크라이나의 농촌을 무대로 한 환상적인 민담식 이야기를 모은『디칸키 근교 농촌 야화』와『미르고로트』등을 출간, 푸시킨의 격찬을 받으면서 작가로서의 지반을 구축한다. (그중 나는 공포와 유머를 훌륭하게 융합시킨『비이』를 읽고 참 많이 놀랐었다.)

페테르부르크의 그의 집으로 가는 길, 그가 좋아했던 네프스키 대로, 그는 이 길을 너무 좋아해『네프스키 대로』란 소설을 썼다. 그 대로 끝에 그가 살았던 고골가 17번지가 있다. 3층짜리 분홍빛 아파트. 그곳에도 고골의 부조와 함께 '니콜라이 바실리예비치 고골이 1833년부터 1836년까지 이 집에서 살았다'는 명판이 붙어 있다.

그는 이곳에서 러시아어로 쓰인 가장 위대한 희곡『검찰관』(1836)을 썼다.『검찰관』은 사회 풍자극으로써 허풍쟁이 청년이 어느 작은 도시에서 암행 검찰관으로 잘못 알려지면서 벌어지는 우스꽝스런 상황을 묘사한 희곡으로, 관료사회의 악과 부패를 날카롭고 철저하게 폭로했다. 그 때문에 무대에 오르자마자 격렬한 찬반의 회오리바람에 휩싸였다. 사람들은 이 희곡을 하나의 예술작품 이상으로, 즉 위대한 도덕적·사회적 사건으로 받아들였다. 그 여파는 겁 많고 소심한 고골에게도 상당한 영향을 끼쳐 그는 도피하다시피(?) 유럽 여행에 나섰다.

　　이후 두 차례의 단기 귀국을 제외하고는 12년간을 외국에 머물렀다. 그중 로마에서 가장 오랫동안 머물렀다. 고도로 발전된 위엄에 걸맞은 영원한 도시, 로마는 그를 매료시켰다. 로마에선 비속하고 동물적인 인간성으로 항상 그를 사로잡았던 환상도 아름다운 전체 속으로 조화롭게 녹아드는 듯했다. (로마의 시스티나 가 125번지에 가면 고골이 묵었던 2층 창 벽면에 고골의 부조와 함께 하얀 대리석 기념판이 걸려 있다. '러시아의 위대한 작가 니콜라이 고골이 1838년부터 1842년까지 이 집에 살면서 사색을 하고 그의 걸작들을 썼다'고 러시아어와 이탈리아어로 씌어져 있다.)

　　그는 이곳에서 그의 최후, 최대의 장편인 『죽은 혼』을 집필하면서, 『타라스 불리바』(우리에게는 율 브린너 주연의 영화 〈대장 부리바〉로 더 유명한)를 개작하고, 중편 『외투』를 비롯한 몇 편의 작품들을 썼다.

『죽은 혼』은 당시 러시아 사회에 판치고 있던 욕망과 부도덕성을 사실적으로 폭로한 걸작이다. 죽은 지 얼마 안 되어 사망 신고가 안 된 농노를 사들여, 그 유령들을 저당 잡혀 융자를 받아 땅을 사서 지주가 되려 하는 사기꾼 치치코프가 주인공으로 나온다. 야비하고 치사하고 괴기하면서도 약간은 코믹한, 그래서 연민과 동정을 불러일으키는 고골의 인물들. 푸시킨조차 "아, 우리 러시아는 어찌 이다지도 슬픈가?"라고 한탄할 정도로 설득력 있는 『죽은 혼』이 창조한 인간형들. 구두쇠, 폭력배, 위선자, 파렴치한과 무기력자들….

완전한 귀국

『죽은 혼』 제1부가 출판된 후, 고골은 광신적으로 종교에 매달려 금욕주의적 수행을 강화하다 크게 건강(정신 건강까지)을 해친다. 그 파장으로 그는 『죽은 혼』 제2부의 원고를 모두 소각해 버린다(1845년). 그리고 3년 뒤, 오랜 외국 생활을 청산하고 러시아로 돌아온다.

귀국한 고골은 주로 모스크바에 머물렀다. 모스크바에는

고골의 동상이 2개나 있다. 하나는 고골 대로의 맨 끝이자 아르바트 광장이 시작되는 거리, 고골의 산책로에 세워진 커다란 입상이다(1952년). 그리고 그 반대편 수보로프스키 대로의 7번지에 있는 집(이 집은 톨스토이의 소유로, 톨스토이가 고골에게 아래층 방 2개를 빌려주었다) 안뜰 가운데 세워진 좌상이다. 고골 동상 중 가장 우울하고 침울한 모습으로 나무 그늘 아래 쉬고 있다. 그리고 좌대에는 그가 만든 작품의 주인공들이 부조로 한자리에 다 모여 있다.『타라스 불리바』의 용장 불리바,『외투』의 초라한 관리 바시마치킨,『검찰관』의 가짜 검찰관 홀레스타코프,『죽은 혼』의 사기 지주 치치코프 등등….

그들을 바라보고 있으면 인간 형상을 바라보는 고골의 눈이 얼마나 탁월한가를 느낄 수가 있다. 어쩌면 저렇듯 풍자 만화가의 붓끝에 놀아나는 희극배우들 같은 인물들을 실제 세계를 무색하게 할 정도로 생생하고 설득력 있고 필연적이게 그려낼 수가 있는지… 감탄에 또 감탄을 하게 된다. 그런 의미에서 그는 금기를 제거하고 금령을 깨트린 위대한 작가임에는 틀림이 없다. 장엄하고 아름다운 것만이 주인공이거나 소재였던 창작세계에 팽팽한 시적인 수사와 그로테스크한 익살로 거침없이 속된 것들이 지배하게 만들었으니까.

고골 박물관 안뜰에 세워진 고골 좌상

고골은 죽었다

그는 거리의 시인이었다

그 손실이 너무 잔인하고 갑작스러워

우리는 그의 죽음을

받아들일 수가 없다

고골 묘비명에서

고통스런 임종

고골은 수보로프스키 대로 7번지에 있는 이 집에서 1848
년 12월부터 1852년 2월, 숨을 거둘 때까지 살았다.

고골의 말년은 비참했다. 그는 그의 작품을 이해 못하는
비평가들의 비난과 자신이 신의 총애를 잃어버렸다(광신적으로
종교에 집착한 탓으로)고 믿게 되면서부터 정신착란에 시달렸다.
아무리 해도 자신이 원하는 도덕적 인간을 끝내 그려낼 수가
없어 완성 직전의『죽은 혼』제2부의 원고를 모두 난로 속으로

던져버렸다. 7년여 동안 악전고투하며 쓴 원고를 하루아침에 재로 만들어 버리고… 아무것도 먹지 않는 착란에 가까운 단식으로 고통을 받다…『죽은 혼』의 주제이기도 한 "죽은 혼이 되지 말라. 살아 있는 혼이 되라"는 유서를 친구들에게 남기고 안타깝게도 43세의 일생을 마감했다.

블라디미르 나보코프에 의하면, 그의 임종은 너무 고통스러워 보기가 딱할 정도였다고 한다. 그는 거머리들이 자신의 몸에 달라붙어 떨어지지 않는 망상에 시달리며 고통스럽게 죽었다. 그의 마지막 말이었다는 "사다리를, 빨리 사다리를 가져와!"라고 소리쳤다는 그 말이 가슴에 맺혀 떨어지지가 않는다. 사다리! 그는 그 사다리를 타고 어디로 가고 싶었던 것일까? 그 사다리 위에서 무엇을 보고자 했던 것일까?

고골은 러시아 작가들 가운데서 가장 수수께끼 같은 인물이며 비극적인 인물이다. 그는 극심한 종교적 체험을 겪었으며, 끝내는『죽은 혼』의 후편을 오늘날까지 수수께끼로 남긴 채 불태워버렸다. 그는 푸시킨과 레르몬토프로 이어지는 '시의 시대'에 새로운 산문으로 러시아 소설의 황금시대를 열었다. 그의 작품은 보티첼리와 라신의 고전비극을 연상케 하며 사물과 인간에 대한 섬세한 관찰과 상세한 묘사로 실제 생활보다 더 사실적이고 뭉클하다는 평을 받고 있다.

그는 평생을 독신으로 살았다. 그래서인지 그의 글에서는 섹스에 대한 묘사를 전혀 찾아볼 수가 없다. 사람들의 말처럼 그는 그런 경험을 전혀 해보지 않은 것일까? 아직도 여전히 신비에 싸여 있는 그. 그를 가리켜 흥미로운 하나의 개성체이며 유별나게 진기한 심리학적인 한 현상이라 말하는 이유를 알 것 같았다.

슈테판 츠바이크의 말처럼 그는 문학을『죽은 혼』에게 던져버리고 새로운 러시아의 신비스런 신비주의자가 되어 버린 것일까?

그의 유해는 모스크바의 다닐로프스키 수도원에 묻혔다가 노보데비치 수도원 묘지로 이장되었다. 묘소에는 고골의 반신상이 놓여 있고, 한 줄 건너로 안톤 체호프의 무덤이 마주보고 있다.

체호프는 따뜻한 사람이다. 그가 체호프와 마주보고 누워 있다는 게 왠지 마음에 든다. 둘 다 문학인으로서 최고봉인 데다 죽어서도 함께 얘기를 나눌 동지가 곁에 있다는 건 정말 다행스럽고 즐거운 일이니까….

천재,
오, 긴 인내여!

어느 누구도 발레리가 한 것 이상으로
나아갈 수 없다.
- 마르셀 레몽

지중해의 바다와 하늘과 태양

어느 가을, 혼자서 영화 〈색, 계〉를 보러갔다. 이안 감독의 영화는 늘 무엇인가를 내 가슴에 남긴다. 담배가 담배연기를 휠, 휠, 허공중으로 날려보내고 재는 가슴에 남겨놓듯이. 그리고 그 잿가루 때문에 내가 조금씩, 조금씩… 세월처럼 야위고 삭아가듯이. 이안 감독의 영화는 처절하게 아름답고 더러운 맹목의 일상이 어떻게, 어떤 식으로 반짝이며 닳아가고 빛바래어 가는가를 너무나 선명하게 잘 보여준다.

다시 한 번 더 보고 싶을 정도로 가슴 저린 두 주연배우의 열연이 영화관을 나와 집으로 오는 내내 발길에 밟히고 또 밟혔다. 출구도 보호구역도 없는 막다른 사랑. 그 사랑의 비극을 지성이 아닌 감성만으로 그토록 품격 있고 찬란하게 그려낼 수

해변의 묘지, 프랑스 세트

있다니…. 이안 감독은 역시 놀라운 사람이다.

오랜만에 맛보는 감성의 극한 파문을 딛고 가을단풍이 아름답게 물든 길을 걸어 집으로 돌아오니, 지중해를 보러 간 친구에게서 온 편지가 나를 기다리고 있었다.

지중해! 그녀는 지중해가 바라보이는 폴 발레리의 고향인 세트에 와 있다고 했다. 세트. 세트는 지중해 연안의 프랑스 제2의 항구다. 발레리가 태어나고 발레리가 잠들어 있는 곳. 그곳에서 그녀는 발레리와 함께 맥주를 마시고 있다고 했다. 그의 묘비에 새겨진 그의 시「해변의 묘지」의 한 구절(오, 사유 다음에 오는 보상, 신들의 고요에 대한 오랜 시선이여!)과 함께.

아, 해변의 묘지! 바다가 바라보이는 언덕 위에 있다는 생 샤를 공중묘지. 발레리가 그곳에 묻히면서 묘지 이름 자체가 아예 '해변의 묘지'로 바뀌어버렸다는, 가파른 절벽 위의 공중묘지. 경사가 아주 심한 비탈 언덕 위라 아래에서 보면 마치 묘비들이 주르르 흘러내려 바다로 쏟아질 것같이 보인다는 그 '해변의 묘지'.

그곳에서 발레리와 함께 있다니… 얼마나 좋을까? 언젠가는 나도 꼭 지중해에 가보리라 맹세한 적이 있었건만….

바람이 일어난다! 살아야겠다!

크나큰 대기는 나의 책을 열고 또 닫는다.

파도는 물안개가 되어 바위에서 힘차게 용솟음친다!

날아가라, 광명에 눈이 어두운 책장들이여!

무너뜨려라, 파도들이여! 무너뜨려라 즐거워하는 물결로

작은 돛단배들이 먹이를 쫓고 있는 이 고요한 지붕을!

폴 발레리, 「해변의 묘지」 중에서

그러고 보니 발레리를 처음 내게 소개해준 것도 그녀였던 것 같다. 바닷가 출신은 바닷가 출신을 단번에 알아본다며, 처음 본 순간, 서로의 핏속에서 출렁이는 바닷물 소리를 절대 놓치지 않았다며, 그녀가 내게 읽어준 발레리의 「해변의 묘지」. 우리는 그 시에서 지중해의 바다와 하늘과 태양을 취하기 위해 얼마나 여러 번 그 시를 읽고 또 읽었던가.

우리가 그때 가진 것은 이곳저곳에서 모은 발레리의 시 몇 편과 짧은 글 몇 편 정도였지만, 우리는 그것을 소중히 공책에 베껴 쓰고 또 베껴 썼었다. (나는 아직도 우리나라에 번역된 그의 시집을 갖기 전, 이곳저곳에서 모은 그의 시들이 적힌 공책을 갖고 있다. 그가 평생 스승으로 생각한 스테판 말라르메의 시들과 함께.)

상징과 비약이 많은 그의 시들은 그 당시의 우리들이 이해하기엔 어려운 점도 많았으나, 파도를 작은 돛단배에 비유하거나 "바람이 일어난다! 살아야겠다!" 등의 시구만으로도 발레리는 단번에 우리들을 매료시키기에 충분했다. 그리고 시를 좋아하고 시를 쓰고 싶은 우리에겐 섬광같이 다가오는 그의 글 한마디! "시는 감탄사의 발전이다"라는 그 한마디! 그 메시지는 오랫동안 우리들에게 시란 무엇인가에 대한 의욕적 사고의 물꼬가 되어 주었다. 그런 발레리와 함께 지중해의 푸른 바다를 바라보고 있다니…. 얼마나 감개무량할까.

끝없는 지적 모험

폴 발레리. 그는 1871년 지중해 연안의 작은 항구 도시인 세트에서 태어났다. 그의 집안은 모두가 지중해 정신을 타고난 바닷가 태생들이다. 하여 발레리 역시 지중해의 후예답게 명쾌하고 지성적이며 뛰어난 이야기꾼이었다. 그는 몽펠리에 법과대학에서 수학하면서 그곳에서 피에르 루이스, 앙드레 지드, 스테판 말라르메 등을 만났다.

운명처럼 다가온 말라르메와의 만남은 그에게 대단한 감명을 주었다. 그리고 그로 하여금 상징주의 시에 눈뜰 수 있는 계기를 마련해 주었다. 그때의 그의 나이 21세(1892). 그로부터 그는 말라르메의 가장 충실하고 진정한 제자가 되지만, 문학에 대한 깊은 회의 - 정서적이고 감상적인 예술 활동이 명료하고 논리적인 사고에 방해가 된다는 - 때문에 일체의 문학 작업에서 모두 손을 놓아버린다. 그가 원하는 건 모호한 감상과 평범한 사고에서 벗어나 지성의 절대 의식에 도달하는 것이었다. 그러기 위해선 그에겐 문학이 아니라 고도의 지적 훈련을 통한 '자아의 투시'가 필요했다. 자기 자신에 대한 철저한 인식과 사고, 그리고 그에 대한 과학적 훈련과 연구!

나 자신에 대한 연구, 그러한 관심 자체에 대한 이해, 그리고 나 자신의 존재의 특성을 스스로 분명하게 추적하고 싶은 욕망, 이런 생각들은 거의 한시도 나로부터 떠난 적이 없었다. 이러한 남모를 병은 사실상 그 근원은 문학 때문이었는데도 나를 문학으로부터 멀어지게 했다.

　　폴 발레리, 『기억의 단편들』 중에서

그의 고백처럼 그는 의식적으로 문학을 멀리하고, 오로지 자신의 가능에만 모든 관심을 집중하기로 결심하고, 23세 되던 해(1894년), 세트를 떠나 파리에 입성, 지금의 폴 발레리 가 40번지(이 집은 인상파의 여성화가인 베르트 모리조가 지은 집으로 발레리는 이곳에서 40여 년간 살았다)에 정착했다. 그는 이곳에서 매일 새벽 4시나 5시쯤 일어나 글을 쓰거나 수학자이며 물리학자인 푸앵카레의 책을 읽었다. 수학과 과학에 대한 그의 강한 관심은 엄밀하고 명석한 것, 논리적인 것에 대한 그의 본능적인 취향을 만족시켜 주었다. 그에게 있어 지(知)의 탐구는 바로 방법의 탐구를 의미했다.

그는 날마다 새벽에 일어나 커피와 담배가 준비되어 있는 서재에서 출근(그는 아바스 통신사 사장의 개인 비서로 일하고 있었다) 전까지 글을 쓰거나 자신의 탐구에 몰두했다. 이 일은 그가 죽을 때까지 계속되었다. 그러다 틈틈이 쉬고 싶을 땐 그림을 그렸다. 그의 그림 취미는 세트에서 수없이 스케치한 바다그림이 낳은 습관 때문이었다. 1970년 세트 시에 의해 세워진 '발레리기념관'('해변의 묘지' 담 너머에 있는)에 가보면 그가 그린 그림과 조각들이 전시되어 있다.

그는 그림이 시보다 더 지성적인 예술이라고 생각하여,

20여 년간 그렇게 시 작업을 멀리하고, 그림에 열중하며 끝없는 지적 모험을 강행했다. 레오나르도 다 빈치는 그 과정에서 그가 발견한 이상형이었다.

그가 보기에 레오나르도 다 빈치는 그가 되고자 하는 '사유에 의해 이루어진 인간'형이었다. 그가 쓴 『드가 · 춤 · 데상』에 보면 레오나르도 다 빈치와 렘브란트의 그림을 비교해 쓴 부분이 나온다. "사람들은 사물을 눈으로 보기보다는 오히려 자가용의 개념, 용어사전에 따라서 본다. 그래서 그들은 자신들이 보는 '미경'에 무엇 하나 새로이 보태지도 못하고 무엇 하나 파괴하지도 않는다. … 그러나 레오나르도 다 빈치는 어떠한 이해의 틈새에도 그의 정신의 산출물을 끼워 넣는다. 그는 모든 건축물을 고쳐서 세운다. 나는 그의 그러한, 천차만별한 재료들을 완전히 자기 것으로 만드는 그 모든 '방법'에 마음이 끌린다. 그는 놀이를 즐기고, 대담하며, 자기의 모든 감정을 보편적인 언어 속에 명석하게 표현한다. 마치 말라르메가 완벽이라는 관념을 언어의 과학과 혼인시켜 시를 읊어내듯이. 그에 비해 렘브란트는 그가 본 것을 지지하고 받아들인다. 여자들은 있는 그대로이다. 뚱뚱한 여자나 말라깽이 여자들 그대로이다. 그가 그린 미인들은 형태에 의해서라기보다는 그 자체의 생기가 흘러나와 미인들인 것이다. 그는 무게가 나가는 두툼한 지방질의 살이나 주름 잡힌 배, 커다란 사지, 붉고 우둔한 손, 아주 상스러운 얼굴을 두려워하지 않는다. 그는 그 모든 것을 그에게만 속한 빛으로 젖어들게 하고 스쳐 지나가게 한다. 그는 누구 못지않게 현실, 신비, 동물적인 것과 선적인 것, 가장 섬세하고 가장 힘센 일, 그리고 그림이 표현한 바 없는 가장 깊고 가장 고독한 감정을 색과 함께 혼합한다."

그렇게 그는 매일 아침 일어나 자신의 노트에 그림이 주는 매혹과 시시각각 변용하는 세계와 자기 자신에 대한 관찰, 언어에 대한 성찰의 결과를 기록했다. 그리고 1895년 『레오나르도 다 빈치 방법서설』을 발표하고, 연이어 1896년, 그의 문학적 분신인 테스트 씨를 창조, 『테스트 씨와 보낸 저녁나절』을 펴냈다.

그가 창조한 테스트(테스트란 프랑스어로 '머리'를 뜻함) 씨는 오직 지성만을 우상으로 여긴 그의 분신이며 충족을 모르는 그의 의식이 만들어 낸 인물임에는 분명하지만, 그 실제 모델은 프랑스 화가인 드가였다고 한다. 드가 역시 지적이면서 동시에 감성적인 인간이며, 유동적인 동시에 고정적인 존재였다고 한다. 한마디로 그 둘 다 시시각각으로 변용하는 자신의 모습에 골몰해 있는, 가능한 것과 불가능한 것이라는 두 가지의 가치에만 집착하는 복잡한 인간형이라는 뜻이리라.

다시 시의 세계로

하지만, 한번 시인은 영원한 시인일 수밖에 없는 게 모든 시인의 운명이다. 발레리는 앙드레 지드와 갈리마르 출판사의 강력한 권고와 설득에 의해 다시 시에 손을 대기 시작했다. 우선 젊은 날 써두었던 시들을 손질하고, 그동안 쓴 시들을 모아 『젊은 파르크』(1917)를 펴냈다. 이 시집은 출간되자마자 대단한 반응을 불러일으키며, 그가 20년간 떠나 있었던 시세계로 그를 다시 끌어들였다.

그는 연이어 시들을 발표하고, 시집들(『해변의 묘지』와 『구시첩』(1920), 『매혹』(1922))을 출간했다. 그 힘으로 그는 순식간에 프랑스 문단을 대표하는 시인이 되어 1925년 아카데미 프랑세즈 회원으로 선출되었다.

다시 시를 쓰기 시작한 그는 말라르메보다 더 힘찬 지성과 견고한 상상력으로 언어를 조각하고 언어에 색깔을 입혔다. 그러나 그의 절대적 명증성에 대한 원초적 집착은 그의 시가 유명해지면 질수록 그를 불편하게 했다. 왜냐하면 시는 영감이 아니라 구성의 산물이어야 하는데 자신도 모르게 불쑥불쑥 영혼과 육체의 강렬한 매혹에 이끌려 절대적 순수 정신을 깨트리게 될까 두려웠기 때문이다. 그때마다 그는 자신의 탁월한 시적 감수성에 의도적인 자물쇠를 걸고는 "열성이란 예술가의 정신상태가 아니다. 시인에게 필요한 것은 영감이나 정열이 아니라 맑은 의식과 각고면려(刻苦勉勵)하는 노력이다. 나는 무아 상태에서 번갯불을 기다리느니보다 맑은 정신, 의식적인 의지를 가지고 나의 마음대로 반짝거리는 불꽃을 만들기를 좋아한다"며 애써 감정을 배제했다. 뿐만 아니라 "시는 행위라기보다는 오히려 연습, 해방이라기보다는 오히려 탐구"라고 자신을 다독였다.

이렇듯 그는 작품보다는 작품의 구성과 제작에 훨씬 더 주의를 기울이면서, 매순간 자기 자신을 분석하고 성찰하려는 욕망을 포기하지 않았다. 또한 그는 "참된 시인은 누구나 일급의 비평가이다"라며, 비평과 창작을 분리하지 않았으며, "시란 시인이 조금씩, 조금씩 지붕으로 옮겨놓는 거창한 무게와 같은 것이고, 독자는 갑자기 그 무게를 뒤집어쓰고서는 곧 이어서 시인이 그것을 지을 때는 결코 알지 못했던 압도적인 일상과 완벽한 미학적 효과를 그 순간에 거기서 받는 행위다." 라고 정의했다. 그러면서도 그는 다른 여러 시인들과 초현실주의자 시인들처럼 결코 시적 표현을 왜곡시키거나 시형식의 틀을 파괴하려고 시도하지 않았다. 그에게 있어서 시는 무엇보다도 언어의 예술, 명료하게 깨어 있는 의식이었기 때문이다.

천재! 오, 긴 인내여!

온갖 것이 두뇌에 의존하고 있다. '사람들'이라는 것이 존재하기 위해서도, 또 그것이 다소나마 서로 알기 위해서도. '이 세상에 있는 자'가 헤어진 후에 다시 만나기 위해서도, 서로 정보를 교환하기 위해서도, 또한 그 관계를 복잡하게 해가기 위해서도. – 인간의 두뇌는 거기서 사람들이 자신의 실재를 확인하기 위해 자기 몸을 찌르고 꼬집는 장소인 것이다. 인간은 생각한다. 따라서 나는 존재한다고 '온 세계의 사람들'이 말하고 있다.

폴 발레리, 「모랄리떼」 중에서

연이어 낸 시집으로 프랑스 최고 현대 시인으로 극찬 받았으나, 그는 시집 『매혹』을 끝으로 더 이상 시에 손을 대지 않았다. 대신 에세이나 비평, 칼럼 등을 썼다.

그 자신의 끝없는 지적 탐구가 결국은 아무런 성과도 보상도 없이 끝날 것이란 걸 알면서도, 아니 지(知)에 대한 명상보다는 삶에 대한 명상에서 훨씬 더 귀중한 자양분을 얻을 수 있다는 걸 알면서도, 그는 자신만의 탐구(知의 탐구)를 그만둘 수가 없었다. 비록 의식의 오만이 의식의 재앙을 초래한다 해도, "아아, 허무여, 너야말로 위대한 사물의 초라한 어머니!"라고 그를 부르짖게 만든다 해도, 그는 끝까지 자신 속의 절대 지(知)를 추적하고 또 추적해 내고 싶었다.

익은 석류가 그 과잉에 못 이겨 스스로 입을 벌려 그 속의 붉은 보석들을 드러내듯이.

알갱이들의 과잉을 못 이겨
반쯤 벌어진 단단한 석류들이여,
스스로의 깨달음에 파열된
숭고한 이마들을 보는 것 같구나!

오, 반쯤 열린 석류들이여,

너희들이 인내한 수많은 나날의 햇빛이

자랑스럽게 애써 온 너희들로 하여금

홍옥의 격벽을 찢게 했을지라도

말라붙은 황금의 외피가

어느 강렬한 힘의 요구로

과즙의 붉은 보석으로 터진다 해도,

이 찬란한 파열은

일찍이 내가 가졌던 어느 영혼의

은밀한 구조를 꿈꾸게 한다.

폴 발레리, 「석류」 전문

　　그렇게 평생 동안 철학적 혼미에 갈등하며 자기 자신을 찾아다닌 발레리. 언제나 그 자신의 모순을 응시하고 그 자체의 비상을 동경하며, 의식적으로 이상적인 인간정신을 끊임없이 연습했던 발레리. 천부의 시적 재능을 타고났음에도 무심하기 이를 데 없는 극단의 의식세계로 풍덩! 하고 온몸을 던졌던

폴 발레리

발레리.

그가 그곳에서 얻은 게 무엇이고, 잃은 것이 무엇이든…
나는 아직도 그의 『모랄리떼』를 읽으면 가슴이 뛰고, 「해변의
묘지」를 읽으면 바람 부는 해변에 서서 "바람이 일어난다! …
살아야겠다!"고 외치고 싶어진다.

하늘 아래 누구보다도 타고난 시인이었음에도 평생을 지
적 유혹과 감성적 자질 사이에서 줄타기할 수밖에 없었던 발레
리. 언어가 가진 모든 능력이 가장 맑은 정신과 의식적인 의지
아래서 타오르는 지성의 불꽃이 되길 원했던 그.

"천재, 오, 긴 인내여!"

그는 언제나 그만큼 위대하고, 그만큼 오만할 것이다.

거트루드 스타인
1874~1946

우리는 정말로 아내 같았다

그녀는 한시도 예술을 놓친 적이 없었다.
이 세상에 예술이 없다면 그녀의 삶도 없으리라.
예술이 있기에 그녀는 인간으로 살아갈 수 있었으며
인간으로 살아남을 수 있었다.
-『앨리스 B. 토클라스 자서전』 중에서

　　어릴 때부터 나는 햇볕을 무서워하지 않았다. 나는 여름
정오에도 산책하기를 마다하지 않았다. 오전과 오후가 나누어
지는 그 경계의 뙤약볕 아래 벌렁 드러누워 한낮의 태양을 똑
바로 쳐다보는 걸 즐겼다. 햇볕은 아무리 쬐어도 질리지가 않았
다. 그렇게 한참 동안 햇볕을 쬐다 일어서면 현기증으로 순간,
어쩔하며 휘청거릴 때의 느낌. 나는 그 느낌에 오래 중독되고
싶었다. 아주 짧은 순간, 잠시 생의 손을 놓친 듯한 아득함….

　　그 아득함 속으로 어느 날 그녀가 찾아왔다. 거트루드 스
타인. 그녀를 처음 만난 건 만 레이의 사진첩에서였다. 아주 짧
은 머리에 남자처럼 반듯한 이마, 날카롭고 냉정해 보이는 눈
매, 온몸에서 뿜어져 나오는 엄격하고 단단한 카리스마, 여느
여성들처럼, 남에게 조금이라도 더 예뻐 보이고 싶어 하는, 그

런 제스처가 전혀 묻어나지 않는, 장식 없는 당당함의 미(美). 작가의 초상이라기보다는 영락없는 여장군, 여제독의 모습이었다.

강하고 고집스러운 그녀의 사진을 들여다보고 있으면 그녀는 어떤 사람일까? 몹시 궁금해졌다. 동시대 예술가들의 거의 대부분의 존경과 사랑을 받았던, '20세기 전반의 미국과 유럽 문화에 지대한 영향을 미친, 유명한 미술품 수집가이자 소설가, 극작가이며 시인'이었던 그녀. 그리고 파리에서 만난 한 여성, 앨리스 B. 토클라스와 평생을 함께한 그녀!

그녀는 1874년 펜실베이니아 주 앨러게니(지금 그곳은 피츠버그로 변해 더 이상 지도상에 존재하지 않는 곳이 되어 버렸다)에서 태어났다(그러나 그곳에서 생후 6개월까지밖에 살지 않았다). 그녀는 부모를 따라 어릴 때부터 미국에서 빈으로, 파리로, 다시 미국으로 옮겨다니다 다섯 살 되던 해 볼티모어에 정착했다. 그곳에서 차례로 부모님을 잃고, 심리학자 윌리엄 제임스(미국작가 헨리 제임스의 형. 그녀는 헨리 제임스를 자신의 결정적인 선구자로 여겼으며 19세기 미국 작가 중에서 유일하게 20세기 식으로 글을 쓴 작가로 그를 숭배했다)의 제자로 래드클리프 대학을 졸업하고 존스

홉킨스 의대를 다니다, 의학보다 문학이 자신에겐 더 절실하다는 걸 깨닫고 1903년 파리행 기차에 몸을 실었다. "우리처럼 글을 쓰거나 그림을 그리는 사람이 행복한 이유는 매일 매일 기적을 경험하기 때문입니다. 기적은 정말 매일 오니까요."

파리에 온 그녀는 화가의 꿈을 안고 먼저 와 있던 작은오빠 레오와 함께 뤽상부르 공원과 몽파르나스의 중간 지점인 플뢰뤼스 가 27번지에 둥지를 틀었다. 그리곤 화랑과 작업실을 돌아다니며 미술품 수집을 하기 시작했다. (그들 남매는 부모님이 남겨준 풍족한 유산 대부분을 예술품을 수집하는 데 쓸 생각이었다.) 그녀는 그녀가 가진 예술적 직감을 최대한 살려 동시대 무명화가들의 작품들을 사 모았다. (그때 그녀가 수집한 작품들은 모두 후에 현대의 위대한 화가로 명성을 떨치게 되는 파블로 피카소, 앙리 마티스, 조르주 브라크, 앙리 루소, 폴 세잔, 오귀스트 르누아르, 폴 고갱, 에두아르 마네, 툴루즈 로트렉 등의 작품들이다.)

그녀의 집은 금방 파리의 명소가 되었다. 왜냐하면 매주 토요일마다 그녀는 자신의 집을 개방하고 예술가들이 마음대로 드나들 수 있게 했기 때문이다. 그리고 그녀의 집에 들어오고 싶은 사람은 누구든 그녀의 집에 걸려 있는 작품을 그린 예술가들 가운데 한 사람의 이름만 대면 들어올 수가 있었다.

플뢰뤼스 가 27번지, 그곳엔 모든 것이 다 있었다. 삶과 예술, 천재와 광기, 사랑과 증오, 전쟁과 죽음, 우정과 배신, 과거와 미래… 등등이. 그리고 그 중심엔 항상 그녀가 있었다. 그녀는 무엇보다 우정을 중시했다. 그녀에게 우정은 글쓰기로 가는 길목이었다. 그녀는 그 글쓰기를 언어초상이라 불렀다. 플뢰뤼스 가 27번지를 드나드는 예술가들과의 우정은 그녀의 언어초상의 모델들이 되었다.

라울 뒤피, 마르셀 뒤샹, 피카소, 피카비아, 이사도라 덩컨, 헤밍웨이, 세잔, 막스 쟈코브, 앙리 마티스, 만 레이 등등. 그리고 그곳에는 언제나 누군가가 왔으며, 모두가 또 누군가를 데리고 왔다. 그곳에는 아주 많은 사람들 - 시인, 예술가, 작가, 예술애호가들이 모여들었다.

그 다양성은 참으로 끝이 보이지 않을 정도였다. 그리고 그녀는 그런 예술가들의 모임을 이끌어 나가는 오케스트라의 지휘자처럼 그것을 즐기고 반기고 만끽했다.

손님들은 그들 남매가 수집한 예술품(주로 그림과 조각)들을 구경하면서 예술에 대한 대담하고 과격한 대화들을 서슴없이 나누었다. 그리고 그녀는 아낌없이 그들의 물질적, 정신적

후원자가 되어 주었다.

공식적인 미술전에서 거부당한 사람들에겐 전시 공간을 마련해 주어 일반인들에게 그들을 알리고 인정받게 만들어 주었으며, 뛰어난 예술가들은 작품을 사줌으로써 창작열을 북돋워 주었다.

피카소란 존재가 사람들에게 알려지게 된 것도 그녀 때문이었다. 마티스가 궁핍에서 벗어날 수 있었던 것도 그녀의 덕분이었다. 그녀의 집은 금세 현대예술과 문학의 '메카'가 되었다.

플뢰뤼스 가 27번지, 그곳은 문학과 예술의 역사에 남을 유서 깊은 살롱들 중 하나였다. 인상주의자들과 입체파들, 그리고 초현실주의 화가들 외에 장 콕토와 기욤 아폴리네르 등의 작가들이 그녀의 말동무가 되었다. 대부분 국적을 상실한 사람들이었던 그들은 그녀의 재치 있는 표현대로 '잃어버린 세대'였다. 어니스트 헤밍웨이, F. 스콧 피츠제럴드, 포드 매독스 포드, 그리고 에즈라 파운드는 모두 어렵게 그녀와 친분을 쌓아갔지만, 파운드는 경쟁적인 성격과 토론이 격해지면 물건을 집어 던지는 버릇 때문에 결국 모임에서 퇴출되었다. 제임스 조이스 역시 인기가 없기는 마찬가지였다. 그의 난폭한 행동이 문제가 되었을 뿐만 아니라 그녀는 모더니

거트루드 스타인의 초상,
파블로 피카소 (1925)

즘 문학에서 그를 가장 큰 라이벌로 생각했기 때문이다.

거트루드 스타인, 『앨리스 B. 토클라스 자서전』 중에서

그녀의 명성은 급속도로 퍼져 나갔다. 살아 생전에 그녀
는 이미 전설적인 인물이 되어가고 있었다. - 600편이 넘는 방
대한 작품들 중 우리나라에 번역되어 있는 그녀의 작품은 『길
잃은 세대를 위하여』와 『앨리스 B. 토클라스 자서전]』과 『한 스
페인 사람(피카소)』뿐이다. - 롤랑 바르트가 말한 '기표의 마술'
에 중점을 둔 그녀의 글쓰기(그녀는 20세기 이전에는 생각해 낼 수
없었던 언어의 가능성의 영역을 끊임없이 탐구하고 적용했다. 보고 이
해하는 방식의 문학이 아니라 보는 것 그 자체를 전위에 표출시킴으로
써 주체를 사라진 듯 보이게 만드는… 큐비즘적 시각을 언어에 적용했
다)와 너무나도 당당하고 개방적인 그녀의 자유스런 생활(그녀
는 앨리스 B. 토클라스와 평생 동지이자 연인으로 지냈다), 가난하지
만 능력 있는 예술가들을 지원하는 등으로 그녀는 당대에 이미
20세기의 가장 유명하고 영향력 있는 여성작가 중 한 사람이
되어 있었다. 제임스 조이스와 T. S 엘리엇조차도 그녀를 하나
의 위협적인 존재로 느낄 정도로.

그러나 그녀의 무한히 계속되는 문장들! "장미가 장미인 것은 장미가 장미라서 장미가 장미라는 것이다(Rose is a rose is a rose is rose… ; 이 문장은 그녀의 뮤즈이자 동반자인 앨리스 B. 토클라스에게 바치는 시 「성스러운 에밀리」에 등장하는 문장으로, 미국 현대문학의 가장 유명한 문장이자 현대문학의 모토가 된 문장이다.)"나 "문은 마땅히 문이어야 하고 반드시 문이어야 하며 열고 닫기 위해 존재해야 한다. 문을 닫고 커튼을 쳐라. 가게를 닫고 창문을 열어라. 창문을 열고 문을 열어라…" 등의 언어실험을 이해할 수 있는 이는 거의 없었다.

그녀는 단어와 단어 사이의 새로운 관계에 집중했다. 아니, 같은 단어를 계속 되풀이 강조함으로써 그 단어 사이에 새로운 관계를 창조했다. 그 때문에 그녀의 글은 단번에 이해할 수 없는 언어 파괴적 추상화가 되어 갔다. 그래도 그녀는 조금도 흔들림 없이 자신의 글쓰기 방향을 바꾸지 않았다. 시대와 타협하지도 않았으며, 자신을 혁신적이고 창조적인 20세기 작가라 생각했다.

"창조하는 이는 자신의 세대를 앞서는 것이 아니라 자신의 세대에 발생하는 일을 동시대인들 중 최초로 인식하는 사람이다"며 그녀는 20세기 문화의 중심에 서서 시대를 앞서 실험적인 문체를 사용하는 데 주저함이 없었다. 그녀는 의미가 아니라 소리를 중심으로 단어를 선택했으며, 작품 내용에 있어서도 진보적인 성향을 일부러 포기했다. 그녀는 그녀를 모방하는 작가들이 거의 없을 정도로 독특한(동사를 남발하고, 대신 동사의 흐름을 방해하는 명사의 사용을 절제하는) 표현 방식을 선택했다. 그럼에도 불구하고 헤밍웨이, 윌리엄 버로스, 셔우드 앤더슨, 잭 케루악은 물론이고 그들보다 재능이 부족한 비트족 작가들까지도 그녀의 영향을 받았다. 한마디로 말하면 그녀는 후에 롤랑 바르트나 자크 데리다, 질 들뢰즈 같은 이론가들에 의해 논의될 문제를 문학 내에서 실험·탐구했던 것이다.

모터가 내부에서 움직이고 자동차가 나아간다고 말할 때, 예술가로서의 나의 궁극적인 관심사는 자동차가 움직이면서 어디로 가고 있는가 하는 사실이 아니라, 그것의 움직임의 본질에 관한 내부의 운동이다.

거트루드 스타인, 『미국인의 형성』 중에서

그녀는 1934년에 출간한 그녀의 자서전 『길 잃은 세대를 위하여』가 성공하는 바람에 순회강연 차 30년 만에 미국으로 돌아가 문학과 예술에 관한 강의를 했으며, 이 시기에 미국에 있던 마르셀 뒤샹에게도 지대한 영향을 끼쳤다. 뒤샹뿐만 아니라 미국 대학들은 앞 다투어 그녀의 강연을 유치하고자 했으며 학생들은 그녀에게 열광했다. 그리고 『길 잃은 세대를 위하여』는 그해 베스트셀러가 되었다.

그녀는 평생을 최고라고 생각하는 것 외의 것에는 애착을 가지지 않았다. 그리고 파리의 한복판에 살면서도 그녀는 언제나 영어로 된 책만을 읽었다. 어릴 때부터 그녀의 아버지는 그녀를 유럽식 교육의 특혜를 받게 하지 않았다. 오히려 그녀에게 프랑스어나 독일어를 잊어버리라고 했다. 그래야만 미국 영어가 더욱 순수해질 거라고 가르쳤다. 그녀는 그 말을 100% 실천했다. 그 점에 크게 놀라워한 사람이 "그렇다면 당신은 절대 불어로 된 글을 읽지 않나요?" 하고 물었을 때, 그녀는 "그래요. 나는 내 눈이 본 것을 느끼며, 귀로 들리는 언어가 어떤 것인지는 내게 크게 중요하지 않습니다. 나는 언어를 듣는 게 아니라, 목소리의 색깔과 리듬을 듣습니다. 하지만 눈으로는 단어와 문장을 보며, 이 세상에서 나를 위한 유일한 언어는 영어뿐입니다. 그 숱한 세월 동안 일어났던 많은 일 중에서 내가 좋아하는 한 가지는 내가 영어를 모르는 사람들에게 둘러싸여 있다는 것입니다. 이것이 나에게 내 눈, 그리고 나의 영어와 더 내적으로 홀로 있게 해줍니다."라고 대답했다.

　그녀가 젊은 헤밍웨이에게 기자 일을 접고 소설을 쓸 것, 단문 위주로 문장을 짧게, 검약하게 쓸 것, 형용사의 사용을 줄일 것 등의 충고를 할 수 있었던 것도 누구보다도 창조의 기본을 정확하게 이해하고 있었기 때문일 것이다. 어떤 곳보다 파리가 좋은 이유는 파리에는 너무 다르면서도 아주 친숙한 프랑스 사람들만 있기 때문이듯이!

　나는 가끔씩 그녀가 아주 커다란 흰 개 한 마리와 작은 검은 개 한 마리를 데리고 전쟁(제2차 세계대전)이 끝난 프랑스의 앵 지방의 언덕길을 산책하는 모습을 그려본다. 그리고 절친했던 후안 그리스와 기욤 아폴리네르가 죽었을 때, 눈물을 줄줄 흘리며 그를 애도했던 모습과 평생을, 단 한순간도 사람들과 문학에게서 관심의 눈을 떼지 않았던, 20세기의 가장 독창적인 인간인 그녀의 이름을 조용히 되뇌어 본다. 거트루드 스타인!

　내가 그녀를 온전히 다 이해하지 못하면서도 좋아하는 것은 그토록 놀라운 안목과 통찰로 많은 예술가에게 빛을 선물했음에도 그녀는 정작 60대가 되어서야 문학성을 인정받았다는 것이다. 그럼에도 불구하고 그 긴긴 세월 동안 매일매일 고집스럽게 글을 쓰고, 또 써나갔다는 것이다. 대체 누가 그런 일을 감당할 수 있을 것인가, 누가 그런 집념, 확고함, 순수한 고집을 가지고, 한 치의 포기도 양보도 없이, 그저 뚜벅뚜벅, 지치지도 않고 좌절하는 젊은 작가들을 위로할 수 있었겠는가. "당신만의 분명한 비전 외에는 다른 그 무엇도 당신의 글을 참견하게 놔두지 마세요. 청중이 있다면 그건 예술이 아닙니다. 누구든 당신 이야기를 듣는다면 그것은 더 이상 순수하지 않게 됩니다."라며.

그러나 그녀를 사랑하는 앨리스 B. 토클라스의 마음은 달랐다. 거트루드 스타인의 원고를 어떤 출판사에서도 받아주지 않자 앨리스는 피카소의 아름다운 그림 「부채를 든 여인」을 팔아서 1930년 스스로 '플레인 에디션'이란 출판사를 만들었다. 그리고는 거트루드 스타인의 책을 발간했다. 그녀로 하여금 부정적인 비판과 함께 '글자들의 입체파'란 명칭을 붙여준 『세 사람의 생애(마티스, 피카소 그리고 거트루드 스타인)』를.

당신은 하나의 이름을 사랑할 수 있습니다. 당신이 만약 한 이름을 사랑하여 그 이름을 몇 번씩 부르면, 그로 인해 그것을 더욱, 격정적으로 더욱 지속적으로 더욱 고통스럽게 사랑하게 됩니다. 누구나 사랑하는 어떤 이의 이름을 어떻게 외치는지를 알고 있습니다. 그러므로 그것이 바로 어떤 것의 이름도 진정으로 사랑하는 시입니다.

거트루드 스타인, 『글쓰는 법』 중에서

맞는 말이다. 누군가의 이름을 계속하여 부르는 것은 기도와 같은 효과가 있다. 시인에게 있어 기도는 시와 같고, 아니 시인 것이다. 하지만 일반 독자에겐 다소 난해할 수도 있다. 이처럼 그녀의 글쓰기는 자신의 작품을 이해하거나 방향을 잡을 수 있는 데 필요한 어떠한 단서도 참고 자료도 독자에게 제공하지 않았다. 그녀는 자신의 언어를 자신의 이성의 극한까지 밀고 나아갔다. 수용이 도래할 때 그것은 고전이 된다는 걸 그녀는 누구보다도 잘 알고 있었다. 하여 그녀는 자신의 작품을 두고 말하는 '밀폐적' '난해한' '실험적' '접근하기 어려운' 등의 비난을 아주 태연히, 기꺼이 견뎌냈다. "이해받을 수 있다는 것은 보이는 것과는 다르다. 모든 사람이 각자 자신의 언어를 갖고 있다. … 당신은 볼 것이고, 그들은 이해할 것이다. 당신이 그것을 즐긴다면 당신은 이해하는 것이다."며, 배포 큰 문학의

토클라스와 스타인

여제독답게.

　그녀는 파리에서 두 차례의 전쟁(1,2차 세계대전)을 치르고 (그녀는 두 번의 전쟁 시에도 물심양면으로 아군 병사들을 도왔다), 제2차 세계대전이 끝난 그 이듬해 1946년, 일흔두 살의 나이로 지금까지 살아왔던 것처럼 침착하게 세상을 떠났다. (그녀는 세상을 떠나기 전 자신의 모든 원고를 예일대학에 기증했다. 그리고 뉴욕 현대미술관은 그녀가 수집한 그림 전부를 사들였다.)

거트루드 스타인과 앨리스 B. 토클라스는 1907년 9월, 파리에서 처음 만나 40여 년을 함께 지냈다. 그녀는 전통적인 남성 역할을 맡았으며 앨리스는 여성 역할을 맡았다. 그녀가 1922년에 쓴 『넬리와 릴리가 널 사랑하지 않았니』에 보면 그들의 이야기가 나온다.

… 그가 그곳으로 갔던 것 그리고 그녀가 그곳에 머무른 것 그리고 그들이 그곳에 있었던 것 그리고 그가 그곳에 있게 된 것 그리고 그녀가 희지 않게 된 것은 우연의 일치였다. 그녀는 다른 이들보다 더 검었다. 어떻게 하늘이 창백할 수 있을까. 그리고 어떻게 백합이 울타리를 이룰 정도로 흔할 수 있을까. 내가 분명히 아는 것은 그녀가 그를 그곳에서 만나지 못했다는 것이다. … 우리는 결코 만나지 못했다. … 사실은 이러했다. 그녀는 캘리포니아에서 태어났고 그는 펜실베니아의 앨러게니에서 태어났다. … 그녀를 사랑하는 건 내가 그녀가 두렵지 않다고 말하기 때문이다. 그 만남을 어떻게 이야기할 수 있을까. … 그녀는 늦게 왔다 나는 그녀가 늦게 왔다고 말한다 그리고 나는 내가 말한 것이 무엇인지 말했다 나는 내가 기다리는 데 익숙하지 않다고 말했다.

우리는 정말로 아내 같았다. 그리고 그녀의 『모두의 자서전』

에서 "천천히 놀랍지 않은 방식으로, 그러나 천천히 나는 내가 천재라는 것을 깨닫고 있었다. … 천재라는 것은 재미있다. 그것엔 아무 이유도 없다. 그것이 당신이어야만 하는 아무 이유도 없다.

거트루드 스타인과 앨리스 B. 토클라스는 뼛속까지 미국인이었지만 진심으로 파리를 사랑했다. 파리의 레프트뱅크. 그녀는 죽어서도 파리를 떠나지 않고 그곳 페르 라셰즈 묘지에 묻혀 있다. 바로 그 곁에는 그녀의 평생의 반려자이자 친구이자 애인, 요리사, 아내, 뮤즈, 편집인, 비평가였던 앨리스 B. 토클라스가 묻혀 있다(그녀는 거트루드 스타인이 죽은 뒤 15년 더 살았다). 그들은 죽어서도 그렇게 다정히, 영원히 함께 있다. 거트루드 스타인의 시집, 『부드러운 단추』들처럼!

갈가마귀와 아서 고든 핌

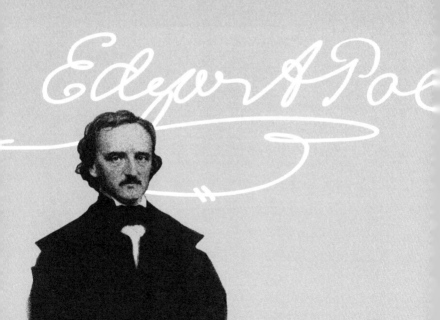

에드거 앨런 포의 작품에는
내가 쓰고 싶었던 모든 것이 있다.
- 샤를 보들레르

네버모어(Nevermore)

폴 고갱의 「네버모어(이젠 끝이야)」란 그림을 본다. 에드거 앨런 포의 시 「갈가마귀」를 읽고 그렸다는 그림, 「네버모어」.

이 그림을 그리며 고갱은 무슨 생각을 했을까? 모든 것을 버리고 타히티로 갔지만 모든 것을 다 잊지는 못했던 그. 그래서 '네버모어'란 제목의 그림을 그리게 된 것일까? 아니면 그림을 다 완성하기도 전에 딸의 사망 소식을 듣고는 정말 포의 시구처럼 이제는 모든 것을 다 놓아버리고 싶었던 것일까? 하여포와 같은, 치명적인 우울, 서리로 덮인 듯한, 얼어붙은 창백한 시체 같은, 그 우울과 두 번 다시는 마주치고 싶지 않다는 그런 마음으로 이 그림을 완성한 것일까? 포의 저주받은 인생에 바치는 경의로?

포는 죽기 4년 전에 이 시를 발표했다. '네버모어'는 포의 시 「갈가마귀」에 나오는 유명한 후렴구이다. 무려 11번이나 나오는. 이 시는 발표되자마자 경탄할 만큼 압도적인 운율과 한 편의 비극적인 드라마를 연출하는 듯한 전개와 독특하고 음산한 분위기로 인해 단번에 사람들의 마음을 사로잡았다.

어느 폭풍우 치는 겨울 밤, 창가로 갈가마귀 한 마리가 날아온다. 날아온 갈가마귀는 방문 앞에 있는 팔라스* 흉상 위에 내려앉는다. 방 안 책상 앞에는 한 청년이 앉아 있다. 청년은 '레노어'라는 사랑하는 여자를 잃었다. 사랑의 상실은 세계 도처에 숨어 있던 온갖 절망들을 자석처럼 끌어당긴다. 하여 방안은 어둡고 침울하고 암울하다. 청년은 갈가마귀를 향해 사랑을 잃은 자신의 고통스런 번뇌와 절망을 호소한다. 그러나 아무리 호소하고 또 호소해도 갈가마귀의 대답은 한결같이 "네버모어"란 단 한마디뿐이다. 참다못한 청년은 갈가마귀를 향해 제발 사라지라며 오열한다. 하지만 갈가마귀는 그런 청년을 그저 바라만 볼 뿐 좀체 사라질 기미를 보이지 않는다.

* 팔라스 _ 그리스 신화에 나오는 지혜와 공예의 여신

　　이것이 108행으로 이루어진 시 「갈가마귀」의 내용이다. 포는 이 시를 쓰기 위해 심혈을 기울였다. 그 모든 시작 과정을 「글쓰기의 철학」이라는 자신의 시론에 남겨놓을 정도로. 그리고 그 시론에 의하면 포는 아름다움이야말로 유일한 전통적 영역이며, 가장 강렬하게 영혼을 고양하는 것이라고 했다. 동시에 가장 순수한 기쁨은 아름다움의 관조에 있으며, 그 아름다움에 최고의 표현을 부여하는 색조로서 비애를 들었다. 즉 우수야말로 모든 시의 색조 중에서도 가장 전통적인 것이라고 했다. 하여 그는 그의 「갈가마귀」에 '한 아름다운 여자의 죽음과 그것에 절망하는 한 청년과 음산한 갈가마귀'를 시적 장치로 놓고, 그곳에다 언어의 청각적인 아름다움과 시각적인 아름다움을 거의 완벽에 가까울 정도로 가미하였다. 그런 그를 가리켜 프랑스의 시인 폴 발레리는 "위대한 문학 엔지니어"라 칭하였다. 그만큼 포는 작품 구성에 있어서 어느 한 부분도 우연이나 직관에 의지하지 않고 마치 수학 문제를 풀 듯 용의주도하고 치밀하게 계획해 썼다. 단어 하나하나에도 소홀히 하지 않았으며, 소리가 잘 울리는 '네버모어'라는 말을 계속 반복하게 함으로써, 시를 다 읽고 난 후에도 그 소리가 오랫동안 귓속에서 메아리처럼 맴돌 수 있게 세밀하게 신경을 썼다. 그리고 한

없는 불행에 대한 지울 수 없는 추억의 상징으로 갈가마귀란 새를 선택했다.

「갈가마귀」는 발표되자마자 포에게 시인으로서의 명성을 안겨다 주었으며, 구스타프 도레를 비롯한 오딜롱 르동, 에드먼 둘락 등의 화가들이 이 시를 소재로 그림을 그렸다. 그리고 누구든 포를 그려야 할 땐 언제나 그의 상징이 된 갈가마귀를 그의 어깨 위나 곁에 함께 그려 넣었다. 그만큼 갈가마귀는 포의 불변의 상징이 되었으며 또한 고딕 공포물의 표준적인 등장물이 되었다.

까마귀(Crow)

까마귀는 검은 새이다. 종류에 따라 털의 일부분이 희거나 갈색이거나 또는 회색, 보라, 초록인 경우도 있으나, 대부분의 까마귀는 검은 색에 속한다. 그리고 그 검은 깃털 때문에 까마귀는 어디에서나 뚜렷하게 눈에 띈다. 반면에 그런 이유 때문에 서로 섞여 있으면 누가 누군지 구분하기가 어렵다.

검은 색은 땅의 색이자 밤의 색이다. 그래서인지 검은 색은 왠지 신비롭게 느껴진다. 칠흑같이 검은 까마귀가 앞으로 구부정하게 숙인 자세로 곧 죽을 사람의 모습(먹이)을 바라보고(노려보고) 있는 장면을 상상해 보라. 얼마나 섬뜩한가. 그 때문에 까마귀는 죽음의 상징이 되기도 한다. 그러나 무리들 속에서의 이 새는 다른 새와 달리 쾌활하고 장난스럽다. 이들은 나무의 잔가지를 물고 높이 날아올랐다가 떨어뜨린 다음, 재빨리 쫓아가서 다시 낚아채는, 장난을 즐긴다. 알래스카 지방의 까마귀들은 지붕 위의 얼어붙은 눈을 쪼아서 조각을 낸 다음 썰매처럼 타고 내려오는 놀이를 즐긴다는 설이 있을 정도다.

또한 까마귀는 새 중에서 신체에 비해 뇌의 크기가 가장 크다(아메리카까마귀의 뇌는 무려 몸 전체의 2.3%를 차지하고 있다고 한다. 그에 비해 인간의 뇌의 비중은 1.5% 정도에 불과하다고 한다.) 그 때문인지 까마귀는 새들 중에서 가장 영리한 새로 불린다. 그에 버금가는 영리한 새로는 까치와 앵무새가 있다.

까마귀에 대한 부정적인 이미지는 아마도 까마귀가 썩은 고기를 좋아하는 잡식성 동물이기 때문일 것이다. 그럼에도 불구하고 까마귀는 성경을 비롯한 여러 문학 작품에 자주 등장하는, 선과 악의 양극단을 나타내는, 혹은 예언과 지혜, 장수와 관련이 깊은, 신비로 가득 찬 존재다.

그중 갈가마귀는 큰까마귀, 썩은고기까마귀, 아메리카까마귀 등과 함께 까마귀속에 속하는 아주 영리한 새다. 다른 까마귀속 새들보다 몸체는 작지만 뾰족한 부리를 갖고 있으며, 한번 보면 절대 잊을 수 없을 정도로 독특한 은빛 눈을 갖고 있다. 갈가마귀의 은빛 눈은 주위를 감싸고 있는 검은 깃털과 대조되어 경외스러울 정도로 신비한 빛을 낸다. 목소리 또한 신기하게도 인간의 목소리를 많이 닮아 예부터 마녀들이 즐겨 친했던 동물 중 하나였다. 포는 이러한 갈가마귀의 특성을 잘 살려 그를 지혜의 여신인 팔라스의 흉상 위에 내려앉게 했으리라. 그 모든 것을 보다 명료하고 완전하게 잘 엿들을 수 있도록.

에드거 앨런 포

포는 1809년 보스턴에서 유랑극단 배우의 아들로 태어났다. 그리고 태어난 지 1년 만에 아버지를 잃고(영원한 가출), 그 이듬해 어머니를 병으로 잃었다. 어린 나이에 고아가 된 포는 유랑극단 작업실을 전전하다 할 수 없이 부유한 상인인 숙부 존 앨런의 양자로 들어갔다. 하지만 숙모와 달리 숙부인 앨런은 포를 좋아하지 않았다. 그들의 관계는 살아 있는 내내 끊임없는 갈등을 일으켰다. 만약 그때 양부인 앨런이 조금이라도 포를 이해하고 사랑해주었다면 포의 인생이 달라졌을까? 조금이라도 달라지긴 했을까?

포는 버지니아 주와 영국에서 학교를 다녔다. 학창시절의 포는 머리가 총명하고 운동을 좋아하는(특히 넓이뛰기) 생각 깊은 학생이었다. 그에 대한 이야기는 그의 환상단편소설 「윌리엄 윌슨」을 읽어보면 더 자세히 알 수 있다. 그러다 다시 미국으로 돌아와 웨스트포인트 사관학교에 들어가지만, 곧 퇴학당하고 만다. 그는 불운한 기자생활을 하면서 1836년 열세 살 된 사촌 버지니아 클렘과 결혼한다. 포에게 있어 그때의 시간들이 가장 행복한 날들이었다. 꿈에도 그리던 가족이 생겼으며 가정이란 걸 갖게 되었으므로. 그러나 병약한 버지니아는 1847년 결핵으로 죽고 만다. 그때 태어난 시가 우리가 너무나 좋아하는 「애너벨 리」이다. 버지니아의 죽음으로 포의 생활은 다시 최악으로 치닫는다. 상상도 할 수 없는 쾌락과 고통의 무시무시한 집행자인 아편과 도박과 궁핍이 그림자처럼 그를 따라다니게 된다. 재기의 온갖 노력에도 불구하고 1849년, 그는 볼티모어의 한 병원에서 쓸쓸히, 살아간다는 것 자체가 창조 행위였

버지니아 대학에 있는 애드가 앨런 포 기념관

던, 그 짧고 파란만장한 생애를 끝낸다.

나는 그가 남긴 작품들을 통해 그를 본다. 내 안에서 보지 못하는 것들, 내 등 뒤의 세계, 다른 누군가의 고통스런 하늘과 땅, 나 자신의 삶이 불가피하게 내지르는 폐쇄적 원한과 분노, 그리고 열병에 들떠 신음하는 목소리들. 그 모습은 마치 공허에 대한 확신 위에서 구성된 『아서 고든 핌의 이야기』처럼 인간 본성의 또 다른 깨어지고 있는 거울이었다.

아서 고든 핌의 이야기

1938년, 포는 아서 고든 핌과 어거스터스 바나드라는 두 청년에게 '인간 심리의 가장 깊은 곳으로의 항해'를 권유했다. '밤의 끝으로의 여행'을.

그들은 포가 시키는 대로 맨 처음 '에어리언(낭만적인 꿈)'이라는 작은 배에 승선했다. 그러나 그 배는 '펭귄(흑과 백이 대립되어 존재하는 냉혹한 현실)'이라는 대형 포경선에 부딪혀 산산조각이 나버리고 만다. 그들은 다시 '그램퍼스'라는 포경선에 승선한다. 본격적인 '밤의 끝으로의 여행'을 위해.

『아서 고든 핌의 이야기』는 그때부터 시작된다. 환상과 공포라는 가장 인공적이고도 의도적인 문학적 서사 양식을 통해. 그들의 여행은 계속된다.

→ 살의 띤 자신의 충견과의 대립 → 망망대해에서 벌어지는 선상 반란 → 새 친구 더크 피더슨 → 시체들을 가득 싣고 표류하는 범선 → 극심한 기아와 고통 속에서 삼키는 동료의 인육 → 바다에 수장시키는 병든 친구 어거스터스 바나드 → 제인 가이호에 의해 구제되는 두 청년 → 모든 것이 검은 색인 살랄 섬에 착륙 → 사람들을 생매장시키는 원주민으로부터의 구사일생 탈출 → 모든 것이 흰색인 남극에 도착 → 무사히 귀환

『아서 고든 핌의 이야기』는 포의 소설 중 장편에 해당되는 소설이다. 포는 이 소설을 흑인 노예 반란의 위험이 본격적으로 시작되던 1838년 즈음에 썼다. 포는 이 소설을 통해 흑백 문제뿐만이 아니라 흑백에 대한 편견과 통념을 비웃으며 미국이라는 나라, 아니 궁극적으로는 인간 모두의 보편적 상황 속에 감추어진 추악하고 끔찍한 악몽에 대해 폭로하고 있다.

프로이트의 말을 빌리면 "핌은 '자아'이고, 그의 친구 어거스터스는 '초자아'이며, 새 친구 더크 피터스는 '무의식(이드)'을 상징한다." 포는 그들을 통해 밝은 햇빛 속에 노출되어 있는

자아가 아니라 어둠 속에 묻혀 있는 또 다른 자아를 찾아내려고 했다.

이 세상에는 이성이나 합리적 사고로 풀 수 없는 것들이 얼마나 많은가. 『아서 고든 핌의 이야기』는 판타지를 통해 의식세계의 밑바닥에 있는 무의식이나 잠재의식 속의 공포, 불안, 잔인, 초조, 강박적인 꿈 등을 파헤쳐 보여주고 있다. 그러나 그런 분석 없이 멜빌의 『모비딕』을 읽듯이, 아니면 조니 뎁 주연의 영화 「캐러비안의 해적」을 보듯이 그냥 해양모험소설로 읽어도 좋다. 그렇게 읽어도 충분히 '재미'와 '흥분'을 가져다준다. 거기다 '공포'와 '혐오'까지도.

포는 이 소설을 쓰기 위해 항해술과 포경에 대한 책들을 탐색해 읽었다. 그런 의미에서 이 소설엔 '상상력의 천재'로 알려진 작가의 작품답게 번득이는 천재성이 잘 나타나 있지만 작가의 치열한 노력의 흔적 또한 작품 전반에 깊이 배어 있다. 포는 이처럼 실제 삶과는 달리 의도적으로 영감을 부정하고 이성과 명석한 지성을 신앙처럼 숭배했다.

그래도 뭐니뭐니해도 포의 최고 백미는 단연 그의 빛나는 단편들이 아닐까? 「모르그가의 살인 사건」을 비롯해 포의 전기를 써서 프랑스 문단에 그를 소개한 『악의 꽃』의 시인. 샤를 보들레르를 열광시킨 「검정고양이」 「어셔 가의 몰락」, 오스카 와일드의 「도리안 그레이의 초상」을 떠올리게 하는 「윌리엄 윌슨」, 코난 도일과 라캉을 흥분의 도가니로 몰고 간 「도둑맞은 편지」 「황금충」 등의 60여 편의 단편들.

그는 그 작품들을 통해 아직도 우리에게 최고의 '전율'을 선사하고 있으며, 아직도 우리에게 고도의 지적 게임을 벌이자고 유혹하고 있다. 온갖 모험과 욕망과 공포와 괴기로 얼룩지고 더럽혀진 21세기의 우리를 향해 "네버모어!"라고 한껏 조롱하고, 비웃으며!

아, 콜레트처럼 살고 싶어!

여자는 여자로 남을 때 온전한 인간인거야.
만약 여자의 머릿속에 남자가 되려는
생각이 생기기 시작하면,
그땐 괴물이 되어 버려.
– 콜레트

여고시절, 전혜린의 일기를 처음 읽었을 때, 그녀가 청춘을 보낸 독일은 내게는 너무나도 먼 나라였다. 그리고 그녀가 읽고 배우고 감동하고 좌절한 그 많은 책들의 저자와 주인공들 역시 내게는 너무나 먼 별세계의 사람들이었다. 그럼에도 나는 꾸준히 차근차근 계속해서 그녀가 열광한 책들을 찾아 읽어내려 갔다.

그녀처럼 이국의 카페에서 블랙커피를 마시고 거품 가득한 맥주를 들이켜진 않았지만 양파 껍질을 까듯 눈물 펑펑 흘리며 책 속으로, 책 속으로 빨려 들어갔다.

덕분에 나는 내가 살아온 것보다 더 많은 세계와 인물들을 만날 수 있었으며 먼 나라 같기만 했던 별세계의 공기도 온몸으로 받아들일 수 있었다.

전혜린은 그렇게 내 학창시절의 한가운데에서 내가 인생

의 껍질을 하나하나 까 나갈 수 있게 많은 도움을 주었다. 그러한 전혜린이 입버릇처럼 "아, 콜레트처럼 살고 싶어!"라며 경탄했던 작가, 시도니 가브리엘 콜레트.

콜레트의 책만은 그 당시엔 아무리 수소문해도 구할 수가 없었다. 그러다 여고시절이 끝나고도 한참 뒤, 80년대 후반 즈음, 우연히 한 도서관의 프랑스 문학 코너에서 기적처럼 그녀의 책을 발견했다. 그녀의 최고 걸작품 중 하나라고 일컫는 『바가봉드(방황하는 여인)』!

파리로 온 부르고뉴 출신의 이 어린 여학생은, 그곳에서 만나게 될 인간 군상 전체를, 즉 살롱, 카페, 나이트클럽, 흡연실, 편집실에서 만난 인간 군상들을, 부르고뉴의 동물원이나 파리식물원의 동물원에서 본 짐승들, 새들, 물고기들처럼 받아들일 수 있을 만큼 큰 마음을 가지고 있었다. 실상 그 마음은 노아의 방주만큼이나 컸다. 그때부터 성도착자나 양성구유자는 이구아나나 카멜레온처럼 그녀의 일부를 이른다. 그들을 경멸하고 욕하는 것은 그녀 자신을 경멸하고 욕하는 것이다. (미셸 투르니에)

그녀, 콜레트는 1873년 파리 지역과 부르고뉴 지방을 잇는 프랑스 남동부, 이온느 지방의 생-소뵈르라는 작은 두메산골에서 태어났다. 어릴 때부터 그녀는 유난히 식물과 동물들을 좋아해 가지각색의 화초들로 이루어진 자신만의 정원을 갖고 있었다. 그곳에서 그녀는 개와 고양이, 들짐승 등과 하나가 되어 뒹굴며 놀았다. (그녀는 죽을 때까지 개와 고양이들과 함께 살았다.) 그리고 밤이 되면 침대 밑에 숨겨둔 책들을 읽었다. 침대는 그녀의 책상이자 침대 밑은 그녀의 비밀 도서관이었다. 그녀는 아버지(퇴역 군인)보다 어머니를 더 좋아했다. 그녀의 어머니는 딸을 아주 자유롭게 키웠으며 무엇으로도 구속하지 않았다. 오히려 딸의 자의식을 개발할 수 있는 환경을 마련해 주려 노력했다.

그녀는 그렇게 대자연과 책들 속에 자신의 오장육부를 활짝 열어젖히고 마음껏 삶을 받아들이고 즐겼다. 그러다 자신보다 14세 연상인 35세의 작가며 비평가인 앙리 고티에 빌라르(일명 윌리라고도 불리는)를 만났다. 매우 영리하고 도발적이긴 하지만 어린 시골처녀에 불과했던 그녀는 세련되고 노숙한 파리지안에게 반해 손쉽게 그와 결혼했다.

그러나 결혼해 그를 따라 파리로 와보니 그녀의 남편은

시도니 가브리엘 콜레트

못 말리는 구제불능의 바람둥이였다. 그녀는 신혼의 단꿈도 맛보지 못한 채 남편의 여성 편력 때문에 마음 편할 날이 없었다. 심지어는 남편의 애인을 위해 중매자 역할까지 해야 했다. 그런 그녀에게 남편은 자신의 이름으로 글쓰기를 강요했다. 그녀는 남편의 지도(그녀의 남편 월리는 비록 속물이며 바람둥이이긴 했지만 비평가로서의 박학한 지식과 글을 읽고 해체해 내는 날카로운 분석력을 갖고 있었다) 아래 글쓰기를 시작했다.

그렇게 해서 탄생한 작품이 클로딘 시리즈 4권 중 첫 작품인 『학창시절의 클로딘』(1900)이었다. 이 책은 출간되자마자 대성공을 거두었다. 당대 최고 작가인 에밀 졸라와 판매를 견줄 만큼 첫 해에 무려 1만여 부나 팔려나갔다. 그녀는 그 성공에 힘입어 계속해서 '클로딘 시리즈'를 연달아 발표했다. 물론 남편의 이름으로!

방탕하고 세속적인 남편에 의해 졸지에 대도시의 진창 한가운데로 떨어진 그녀는 오히려 그 진창 때문에 프랑스 최고의 여성작가로 발돋움하는 발판을 마련한 셈이었다.

네가 본 것을 그냥 묘사하려고만 들지 마. 네게 기쁨을 준 것을 오랫동안 찬찬히 들여다보아. 고통을 준 것조차… 네가 받은 첫인상을 놓치지 않으면서 말이야. …… 적어도 보고서 따위는 써선 안 되겠지. 수상쩍은 보고서 종류는…. 사랑하는 동안에는 사랑의 소설을 써서는 안 되는 것처럼 말이지.

콜레트가 친구에게 보낸 편지 중에서

콜레트에게 글을 쓴다는 것은 "은빛 잉크 유리병이 햇빛에 반짝이는 것을 최면에 걸린 듯 정신없이 바라보는 일이며, 신비한 열기가 두 뺨으로 천천히 올라오는 것을 느끼는 일이다. 그것은 또한 시간을 망각하고 마냥 게으름을 피우며 소파에 누워서 녹초가 될 정도로 궁리해 낸 온갖 상상의 세계를 램프의 동그란 불빛이 비추는 흰 원고지에 담아내는 일"이었다. 그녀가 본격적으로 자신의 이름으로 글을 발표하기 시작한 건 남편과 이혼(1906)한 후 쓴 『천진난만한 탕녀』(1909)부터였다. 그녀는 남편과 이혼하고 팬터마임 배우와 뮤직홀의 댄서로 일하면서 계속해서 꾸준히 창작에 몰두했다.

그녀는 비록 초등학교 교육밖에 받지 못했지만 그녀의 문체는 비평가들의 관심을 집중시킬 만큼 기발하고 직설적이며 맑고 투명하고 간결했다. 게다가 원초적 세계에 대한 향수를 자아낼 만큼 감각적이고 솔직했다. 장 콕토의 말을 빌리면 "소금과 기름기를 빼고 후추를 넣은 듯했다."

그녀는 자신이 가진 감각기관인 오관과 오감을 철저히 활용해 글을 썼다. 일찍이 그녀처럼 격정적 언어로 관능적 욕망을 그렇듯 풍부하게 표현한 작가는 없었다. 그녀는 무엇이든 보고 느끼고 마음이 끌리는 대로 물 흐르듯 써내려 갔다. 그녀의 자연과 전원, 동물에 대한 강렬한 취향과 생동감 넘치는 서정성은 사랑의 기쁨과 영혼의 향수를 끊임없이 갈구하는 그녀의 내면세계와 잘 맞아떨어졌다.

그리고 그녀의 소설 기법은 동시대의 저명한 소설가인 로제 마르탱 뒤가르나 자크 사르돈에게 많은 영향을 주었을 뿐아니라 마르그리트 뒤라스, 더 나아가서는 세상을 카메라 렌즈로 보듯이 그려내고자 하는 누보로망(신소설) 작가들인 나탈리 사로트, 로브그리예와 클로드 올리예를 탄생시키는 밑거름이되었다. 그뿐만이 아니라 오늘날까지도 그녀는 많은 이들에게 쉽게 쓰는 좋은 문장가의 표본으로 칭송 받고 있다.

사랑은 평온한 길 위에 놓인 암초. 멋진 암초일 뿐일까? 그렇다면 아무도 그걸 피할 필요는 없다. 뛰어넘는 걸로 충분하다.(콜레트)

대부분의 여성작가들이 그렇듯 그녀 역시 글쓰기와 삶을 분리시키지 않았다. 그녀는 소설이란 도구를 통해 덧없이 희생당하는 여인과 극악무도한 여인, 비굴한 여인과 오만한 여인, 예속적인 여인과 자주적인 여인 등 다양한 여인 군상을 보여주면서 남녀 간의 사랑과 간통, 동성애를 직설적으로 파헤쳤다. 그리고 그 결말에 이르러 그녀는 분명하게 말했다. "애석하게도 여자가 남자를 위해 만들어진 존재라는 것에 비해, 남자는 여자를 덜 위한 존재이다. 그리고 한 여자의 연애 교육을 완성하기 위해서는 여자와의 관계를 거치는 것보다 더 나은 것이 없다. 여자는 탁월한 방식으로 여자를 다듬으며, 육욕의 전문가인 남자에게 있어서 여자동성애의 단계를 거친 정부만한 것은 없다."라며, 1930년 『순수와 불순』이란 책을 통해 자신이 동성애자이기도 하다는 걸 세상에 알렸다.

맞는 말인지도 모른다. 또 다른 양성애 작가인 마그리트 유르스나르도 그녀의 작품 『알렉시 혹은 결투』를 통해 동성애를 거친 여자만큼 최상의 여자는 없고, 남자에게 눈이 간 남자의 이별만큼 영원한 이별은 없다라고 말하지 않았던가!

그래서일까. 콜레트는 성(섹스)을 정상과 비정상으로 구별하는 것을 거부했다. 그녀 자신이 양성애자라는 걸 숨기지 않고 당당하게 밝혔다. 첫 남편과 이혼한 후 그녀는 미시라 불리는 남장 여인 벨뵈프 후작 부인과 거의 10년째 함께 살았으며, 두 번째 남편인 앙리 드 주브넬 남작의 아들(그녀에겐 의붓아들인)과 5년간 근친상간(?) 관계를 맺었다. 그 때문에 그녀는 팜 므파탈의 한 전형이 되었지만, 그녀는 그것에 전혀 개의치 않았다. 어떤 사회적 편견이나 비방, 루머에도 주눅 들지 않았으며 당당하게 자신의 삶을 살았다.

우리가 부러워하는 것도, 전혜린이 "아, 콜레트처럼 살고 싶어!" 했던 것도 그녀의 이러한 당당하고 거침없는 자유분방함 때문이 아니었을까? 작가로서, 뮤직홀 댄서로서, 연극배우로서, 거기다 한 아이의 어머니로서(그녀는 세 번 결혼하고, 두 번째 결혼에서 딸 하나를 낳았다), 몇 가지의 역할을 동시에 하면서도 '천재 작가'라는 칭호는 물론 '국보'라는 명성과 사랑까지 받았으니!

마음은 그 명성에 비해서 가치가 없다. 그것은 쉽고, 모든 것을 받아들인다. 육체는 입이 까다롭다. 그것은 자기가 원하는 것을 안다.(콜레트)

153

성(性)과 마찬가지로 마음도 진실이냐 가짜냐를 따지는 것 자체가 부질없는 짓인지도 모른다. 그녀의 말처럼 모든 감정은 머릿속에서 나오는 것이 아니라 피부와 근육, 내장 속에서 나오는지도 모른다. 무엇이 진실인지를 알기 위해서 밤낮으로 머리를 싸매고 추리해 봤자 의혹만 더 깊어질 뿐이다. 그녀처럼 모든 감각들을 총동원해 사물들과 접촉하고, 그 냄새를 맡고, 그 맛을 맛보고, 그 소리를 들으며 진실을 발견해 내는 게 더 지혜로운 방법일지도 모른다.

그녀는 그렇게 살고, 그렇게 썼다. 성별을 불문하고 마음이 끌리는 대로 사랑하고 그리고 그것을 글로 표현해 냈다. 그녀가 아름다운 건 온갖 루머와 스캔들에도 불구하고 자신의 모호한 성 정체성을 진솔하게 인정하고 자기 색깔을 분명하게 세상에 인식시킨 생애의 여인이기 때문이다. 그리고 독자로 하여금 자신이 쓴 글 하나하나에 묻어 있는 지나간 시간의 냄새와 색깔과 소리를 판단하거나 저울질하지 말고 소라고둥에 귀 대고 듣듯 그렇게 들어주기만을 원했기 때문이다. 큰마음의 대자연처럼, 감각의 대식가처럼, 존재에 경탄하는 사랑스런 아이처럼, 그렇게!

어쨌든 그녀는 어떠한 편견도 억압도 없이 모든 것에 뜨거운 호응을 보이며 자유롭게 살았다. 미국 재즈음악에 열광하고 탱고에 미쳐 하루 일곱 시간씩 한 달간 죽도록 탱고만 추다가 쓰러진 적도 있었다. 그리고 불멸의 여배우 오드리 헵번을 발굴한 것도 그녀였다. 자신의 소설 『지지』를 영화화하기 위해 여주인공을 물색하던 중, 우연히 한 호텔 로비에서 마주친 오드리 헵번을 보고(제작진들의 반대에도 불구하고) 즉각 그녀를 기용했다. 그처럼 그녀는 심신이 건강하고 유쾌한 사람이었다. 그녀는 자신이 어릴 때 뛰어 놀았던 부르고뉴의 대자연 그 자체였다.

1873년에 태어나 1954년 81세의 나이로 삶을 마칠 때까지 그녀는 70여 권의 작품들을 남겼다. 1936년 벨기에 아카데미 문학상을 받았으며 1945년엔 프랑스 아카데미 공쿠르 회원이 되었으며 5년간 그 회장직을 맡았다. 1953년엔 프랑스 문화 발전에 큰 기여를 했다는 공로로 레지옹도뇌르 훈장을 수여받았으며 1954년 그녀가 죽었을 때 프랑스 정부는 프랑스 여성 중 최초로 국장을 치러주었다. 말년에 얻은 중증 관절염으로 인한 육체적 고통을 제외하면, 그녀야말로 살아 있었을 때

최고의 공식 명예를 누린 유일한 여성작가가 아니었을까!

내가 원하는 것? 그것은 행복의 조건을 모두 갖추었지만 굴욕적인 여자의 삶을 영위하느니 차라리 죽음을 택하는 것이다. … 구겨진 편지를 감추는 갑작스런 몸짓이나, 가짜로 꾸미는 전화 내용, 그리고 창문 밖으로 보내는 은밀한 시선을 용납하느니 더 지독한 절망을 감수하는 것이다.(콜레트)

나는 그녀의 소설 『바가봉드(방황하는 여인)』에서 연하의 사랑하는 남자를 떠나며 여주인공이 남겨놓은 편지의 마지막 부분을 아직도 기억하고 있다. 너무 아름답기도 하지만, 그 당시 나 또한 그렇게 한 남자를 잊어야 했던 눈물겨운 시간들이 있었으므로.

나는 아마도 당신을, 나뭇가지 끝에 매달린 과일처럼, 저 멀리 흘러가는 시냇물처럼, 간혹 스치며 지나가는 아담한 집처럼 그렇게 바랄 테지요. 그리고 나의 욕망이 헤매는 곳곳마다 내게서 꽃잎처럼 떨어져 나간 나의 그림자들을 남겨두고 다니겠지요. 고향의 따뜻한 푸른 돌 위에 하나, 햇볕이 들지 않는 골짜기의 축축한

웅덩이에 하나, 새와 돛, 바람, 파도를 쫓아다니는 것 위에 하나 이렇게 말이죠. 그러면 그것들은 새들을 좇아, 바람 부는 대로 파도치는 대로 돛단배를 따라 멀리멀리 날아다니겠지요. 아마 당신에게는 가장 끈질긴 놈이 달라붙을 거예요. 쾌락이 시냇물 속의 풀잎처럼 흔들리는 물결 같은 것이…. 그러나 시간이 가면 그것도 다른 그림자들처럼 녹아 없어질 테고 나의 걸음이 멈춰지고 마지막의 작은 그림자조차 스러지게 되면 결국 나는 당신에게 아무것도 아닌 것을… 그렇게 되고 마는 것을….″

『바가봉드(방황하는 여인)』 중에서

    그렇다. 어떤 위대한 사랑도 언젠가는 세월 속으로 빨려들어가 세월과 함께 아련해지고 희미해진다. 그러므로 콜레트의 말처럼 사랑 없이는, 사랑의 아픔 없이는 그 누구도 사랑에 대해 절대 말해선 안 된다. 꽃피는 계절이 지나도 나비는 결코 슬퍼하지 않는다. 꽃은 다시 피고, 나비 또한 그 꽃을 찾아 다시 날아올 테니까.

정원을 가져야 한다,
우표만한 정원일지라도!

정원을 가꾸는 일, 그것은 만족을 모르는 열정이다.
일상에서의 탈출은 흙에 손을 대면서부터 일어나는
아름다운 노동에서 시작한다.
- 카렐 차페크

*

정원이 근사한 집에 가면 어떤 기분일까? 대문을 들어서
는 순간, 그 집에 밴 식물들의 향기와 질 좋은 흙냄새에 온몸이
활짝 열리며 두둥실 밝은 구름처럼 가벼워지지 않을까? 소쇄
원이 그랬고, 세설원이 그랬고, 어느 이름 모를 시골집의 꽃밭
이 그랬고, 타샤 튜더의 정원이 그랬고, 아주 어린 날의 우리 집
꽃밭이 그랬다. 그 때문에 나는 정원이나 꽃밭에 대한 향수가
유독 깊고 애절하다. 하여 취미가 정원 가꾸기인 사람들을 만
나면 우선 경이감부터 생긴다. 그들의 입에서 줄줄 흘러나오는
식물들의 이름에 밴 다정함의 리듬들이 그렇고 정원을 대하는
따뜻한 발걸음과 시선에서 묻어나는 놀랍도록 깊은 애정이 그
렇다.

오늘 내가 만나러 가는 카렐 차페크, 그도 그런 사람 중

한 사람이다. 체코인들이 가장 좋아하는 작가이면서 평생 동안 아마추어 정원사로 멋진 정원을 가꾸어 왔던 사람. 우리에게 처음으로 '로봇'이란 말을 문학 안에서 선물한 SF 소설의 대가 카렐 차페크. 그가 쓰고, 그의 형인 요제프 차페크(화가)가 삽화를 그린 『원예가의 열두 달』. 나는 오늘 그 책 속으로 들어가 그를 만나려 한다.

처음 그 책을 읽었을 때 나는 정말 행복했다. 이런 재미있고 사랑스런 정원사가 있다면 날마다 그의 정원에 놀러가고 싶을 정도로 감동적이었다. 그는 자신을 아마추어 정원사로 소개하고 있지만 그는 결코 아마추어 정원사가 아니었다. 아니 그런 건 아무런 문제가 되지 않았다. 시중에 있는 보통의 원예지침서들과는 달리 그의 원예지식은 아주 해박하고, 재치 있고, 따뜻하고, 깊었다.

그는 우리가 생각하는 정원과 정원사의 이미지를 뒤엎고 그 안에다 자신이 하루하루 사는 모습을 천진하고 능청스럽게 심어 놓았다. 그러면서 그는 우리들에게 속삭인다. "당신은 지금 무엇을 밟고 있는가? 실제로 우리는 자신이 무엇을 밟고 있는지에 대해서는 별로 신경을 쓰지 않는다. 하지만 우리는 자신이 무엇을 밟고 있는지, 그리고 자신이 밟고 있는 것이 얼마나 중요한지를 인식하기 위해서라도 반드시 정원을 가져야 한다. 그것이 우표만한 정원일지라도. 그러면 친구여, 구름조차도 우리 발밑의 흙만큼 변화무쌍하지도 아름답지도 경외할 만하지도 않다는 것을 알게 된다. 그리고 흙의 종류, 흙의 질감, 흙의 향기를 구별할 수 있는 눈이 생겨 흙이 주는 특별하고 감각적인 즐거움을 맛보게 된다."고.

차페크과 그의 형 요제프

카렐 차페크는 체코인들뿐만 아니라 책 좀 읽는다는 독서가들이면 대개가 다 좋아하고 알 만한 작가다. 한마디로 세계적인 작가다. 우리나라에도 그의 작품이 많이 번역되어 있다. 그의 대작『도롱뇽과의 전쟁』(지상의 또 다른 지능동물에 대한 판타지 소설)이 번역되어 또 한 번 애독자들의 환호를 받아내고 있다. 하지만 아쉽게도 그가 쓴 시들은 아직 번역된 것이 없고, 그가 시를 쓴 기간도 아주 짧아 그를 시인이라 불러야 할지 애매하지만(나는 체코의 세 작가 - 카렐 차페크, 프란츠 카프카, 밀란 쿤데라 - 를 시인으로 밀어붙이는 내 고집을 즐긴다), 그의 소설『별똥별』이나『왼쪽 주머니에서 나온 이야기』『오른쪽 주머니에서 나온 이야기』『평범한 인생』등은 시를 읽는 것처럼 아름답고, 서정적이고, 여운이 아주 깊다. 그리고 그는『R. U. R.: 로숨의 유니버설 로봇』(1920년)에서 처음으로 로봇이라는 말을 사용했다.『곤충극장』『호르두발』『하얀 역병』『마크로풀로스의 비밀』등의 - 지금도 체코에서 가장 많이 무대에 오르는 - 뛰어난 희곡 작품들을 많이 남겼다. 나는 그중『원예가의 열두 달』을 가장 먼저 읽었다. 그리고 바로 그의 팬이 되었다.

그는 1890년 체코의 북부 작은 마을에서 의사인 아버지와 예술적 소양이 깊은 어머니 사이에서 3남매 중 막내로 태어났다. 그보다 세 살 많은 형 요제프와는 둘도 없는 사이로 그들은 늘 함께 다니며 여러 작품을 공동 집필할 정도로 사이가 좋았다. 프라하 시내에서 가까운 카렐 차페크의 생가(붉은 벽돌 집 3층)에 가보면 문 옆에 카렐 차페크 형제의 초상화와 문패가 나란히 붙어 있어 참 보기가 좋고 흐뭇하다.

어린 시절 카렐 차페크는 성홍열의 후유증으로 척추에 이상이 생겨 늘 지팡이에 의존해 살아야만 했다. 그럼에도 그는 한 번도 자신의 몸이 불편한 것에 대해 거의 불평을 한 적이 없을 정도로 긍정적이고 유쾌한 사람이었다.

그들 형제는 취미도 비슷하여 아버지가 손수 가꾼 정원에서 일찍부터 정원 놀이에 심취해『원예가의 열두 달』이란 아름다운 책을 함께 만들어냈으며 희귀종 식물과 선인장 수집가로도 명성을 날렸다. 그리고『원예가의 열두 달』을 읽어보면 그들 형제가 일 년 열두 달 정원에서 무엇을 했으며, 또 어떻게 정원과 사귀고, 사랑에 빠지고, 의기투합했는가를 유머러스하고 가슴 찡하게 절감할 수 있다. 그리고 이들 형제가 얼마나 자연과 삶을 사랑하고 긍정적이고 좋은 사람들인가도. 또한 그에

못지않게 정원 역시 일 년 365일 얼마나 치열하고, 바쁘고, 부지런하게 움직이는가도.

이 책은 우표만한 정원도, 매일매일 발밑에서 느끼고 싶은 흙 한줌도 없는 내게 몇 개의 화분만으로도 얼마든지 그 화분을 키우고 사랑하는 기쁨과 즐거움을 느끼며 살 수 있다고, 한 번도 가지지 못한 정원에 대한 무한한 향수와 아쉬움을 지금까지도 달래주고 있다.

****

형 요제프가 그린 삽화와 차페크가 쓴 글에서
부분 발췌한 책 속의 재미있는 이야기들

1월, 까막 서리가 오면 나는 내 외투를 호랑가시나무에게, 바지를 노간주나무에게 입혀 주리라. 그리고 폰티카철쭉, 너를 위해 내 셔츠를 기꺼이 벗으리라. 너, 팽이눈에게는 내 모자를 씌워 주리라. 그리고 너, 기생초여, 이제 남은 건 내 양말밖에 없다. 충분하지 않겠지만 그래도 이것으로나마 그럭저럭 추위를 이겨다오.

나의 꽃들이여, 나는 너희들을 위해 땅을 더 깊이 팔 것
이다. 내 등과 무릎을 혹사시킬 것이다. 오로지 너희들
을 위해서!

멀리 뒤에서 보면 정원사의 엉덩이 외에는 아무것도
보이지 않을 것이다. 그 밖의 모든 것, 그러니까 머리,
팔, 다리는 모조리 그 아래 숨어 있기 때문이다.

정원사는 냄새에 의해서든 어떤 암호나 은밀한 신호를 통해서든 서로를
알아보는 비결이 있다. 나는 그 비결을 누설하지 않을 것이다. 어쨌든 극장
로비나 찻집이나 치과 대기실에서 그들은 첫눈에 서로를 알아본다. 그러
나 그들은 극장 복도에 턱시도 차림으로 서 있지만, 그건 단지 겉모습에 지
나지 않는다. 그들의 진실을 더 깊이 파헤쳐 보면, 손에 가래나 물뿌리개를
들고 있는 정원사들이다.

만일 정원사가 이 세상이 시작된 날로부터 자연도태에 의해 진화해 왔다면, 그는 분명 무척추동물로 진화했을 것이다. 정원사에게 등뼈가 무슨 소용이 있을까? "아이구, 등이야!" 하고 말하면서 이따금 곧게 펼 때만 쓰이는 것 같다. 정원사의 다리는 자유자재로 구부려진다. 웅크리고 앉거나, 무릎을 꿇거나, 필요하다면 다리를 구겨 어디라도 쑤셔 넣을 수 있고, 심지어는 목 바로 뒤에 갖다 놓을 수도 있다. 그런가 하면 손가락은 작은 구멍을 팔 때 훌륭한 연장이 되고, 손바닥은 흙덩어리를 잘게 부수거나 나눌 때 사용된다. 또 입은 손이 모자라 줄기를 물어야 할 때 필요하다.

씨앗의 다양한 특징은 그야말로 생명의 미스터리이다.
자연의 순리에 따라 때가 되면 새싹이 틀 것이다. 걷잡
을 수 없는 생명의 의지여! 얼마나 멋진 행진인가! 정
원을 가꾸다보면 자신도 모르는 사이 세상을 보는 시
선이 변하게 된다. 결코 변하지 않는 건 진정한 아마추
어 정원사는 흙을 만지고 즐기는 사람이라는 것뿐.

정원을 가꾸는 일이 소박한 명상적인 활동이라고? 천
만의 말씀이다! 그것은 완벽주의자들이 몰두하는 다
른 모든 것과 마찬가지로 끝없이 만족할 줄 모르는 탐
욕스런 열정이다.

9월은 연중 두 번 꽃을 피우는 식물을 위한 달, 제2의 개화의 달, 덩굴식물이 무르익는 달이다. 이러한 심오한 목적으로 가득 찬, 9월의 신비로운 미덕. 이 모든 신비는 신의 축복을 받은 정원을 가꾸는 사람의 손과 함께 이루어진다.

위대한 정원사나 묘목상은 대부분 술을 마시지 않고 담배도 피우지 않는다. 한마디로 말해 일종의 금욕주의자들이다. 역사적으로 볼 때, 이들 중에 범죄를 저질렀거나 전쟁에서 혁혁한 공을 세웠거나 또는 정치적인 업적으로 세상에 이름을 떨친 사람은 하나도 없다. 대신 어떤 새로운 품종의 장미나 달리아, 사과나무 같은 것에 영원히 살아 있다.

진화인지 퇴화인지 모르지만 대부분의 정원사는 몸집이 크고 지나치게 뚱뚱하다. 어쩌면 꽃의 가냘프고 섬세한 우아함을 더 돋보이도록 그렇게 진화된 건지도 모른다. 아니면 조물주가 정원사의 후덕한 자애로움을 보여주려고 시벨레(대지의 모신)를 본 떠 그렇게 만든 건지도 모른다.

물론 카렐 차페크 외에도 정원 가꾸기에 힘을 쏟은 작가들은 많다. 우리가 잘 아는 헤르만 헤세도 정원 가꾸기로 유명해 그에 관한 책을 출간했다. 하지만 나는 헤세가 바라보는 정원보다 차페크가 바라보는 정원이 훨씬 더 맘에 든다. 아무리 심오하고 현자인 사람도 나는 그 안에 천진과 유머가 없으면 재미가 없다. 하지만 차페크에겐 깊고 유쾌한 천진과 눈물을 쏙 빼게 만드는 유머가 있다. 그리고 그에게는 언제나 '인간'을 먼저 생각하는 아주 따뜻한 가슴이 있다. 그가 '로봇'이란 말을 처음 사용한 것만 봐도 그렇지 않은가. 그는 제2차 세계대전 중 스웨덴 한림원으로부터 여러 차례(7번) 노벨문학상 수상 제의를 받았으나 정중히 거절했다. 그는 철저한 반(反)나치주의자였으며 히틀러의 눈치를 보는 스웨덴 한림원에서 주는 노벨상은 받고 싶지 않다고 말했다. 그만큼 그는 나치와 파시즘, 기계문명과 현대 자본주의를 경멸했다. 독일 게슈타포에 의해 '공공의 적' 제2호로 지목될 만큼.

그런 중에도 그는 매주 금요일 저녁 그의 집에서 '금요일 회원'모임을 가졌다. 작가, 예술가, 정치가, 학술위원들로 구성된 비공식모임(1924년 결성)이지만 이 모임은 점차 예술적인 모임에서 체코의 민주정치를 지향하는 사회적인 모임이 되었다. 나중엔 체코의 대통령까지 가입하는. 그 때문에 그는 나치로 부터 요주의인물이 되었다. 하지만 그토록 우려했던 뮌헨협정 (1938년, 서방 강대국에 의해 체코슬로바키아를 히틀러 나치 독일에 넘겨주는)이 결국 이루어지자 그는 그 충격에 병이 들어 그해 크리스마스 날에 48세의 나이로 안타깝게도 요절하고 만다. 그가 죽고 난 이듬해(1939년) 나치 군대가 프라하를 점령했을 때 그들은 그가 죽은 줄도 모르고 제일 먼저 그를 체포하기 위해 그의 집에 들이닥쳤다. 그의 집에는 망명하기를 거절하고 조국에 남아 있던 그의 형 요제프가 있었다. 나치는 그의 형을 체포해 갔다. 요제프는 강제수용소로 이송되어 전쟁이 끝나기 전 1945년 수용소에서 아깝게 죽었다.

내가 만약 체코에 가게 된다면 꼭 그의 정원에 들르고 싶다. 그의 정원에 심어진 - 그는 금요일회원 한 명 한 명을 상징하는 자작나무를 자신의 마당에 심었다고 한다. 그 나무들은 지금까지도 그곳에 남아 있다고 한다. - 그 자작나무 아래에서 그의 정원이 들려주는 바람소리를 언제까지나 듣고 싶다. 그의 글을 읽듯이, 아주 오래오래!

평생을 나비를
쫓아다니고 찾아다닌

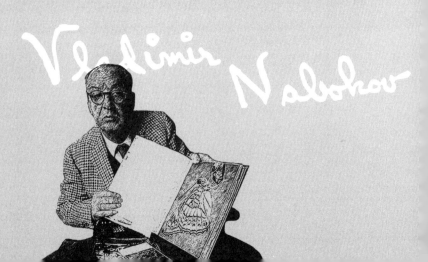

> 만약 소설을 쓰지 않았다면
> 나는 나비 연구가가 되었을 것이다.
> - 블라디미르 나보코프

나는 나비들을 좋아한다. 나비들이 나는 모습은 아무리 봐도 질리지가 않는다. 하염없이 따라가고 싶어진다. 어릴 때부터 나는 새들보다도 나비들을 더 좋아했다. 아침에 일어나 제일 먼저 나비와 만나면 그날은 하루 종일 기분이 좋았다. 때로는 그 나비들을 하염없이 따라가다 길을 잃기도 하고, 넘어져 무릎이 깨지기도 했지만… 나는 잡히지 않는 그 나비들이 공중에 그려내는 선들과 색깔과 모양들이 너무나 좋았다. 그리고 그들은 아주 조용하고, 아름답고, 신비했다. 날아다니는 불꽃같고, 흩날리는 꽃잎 같았다. 어째서 나비의 날개는 그토록 아름답게 만들어졌는지… 그 이유가 뭔지… 내게는 하나의 풀 수 없는 수수께끼처럼 매혹적이었다. 지금도 그들이 보고 싶으면 집에서 가까운 서대문자연사박물관으로 가 그곳에서 나비들과 몇 시간을 지내다 온다.

그 매력적인 나비들을 나는 블라디미르 나보코프의 글 속에서 다시 만났다. 아니다. 그의 삶 속에서 만났다는 게 더 정확한 말이다. 그는 20세기의 빛나는 작가이기도 하지만 인시류(鱗翅類) 연구가이기도 하다. 평생을 나비를 쫓아다니고 찾아다닌 사람. "만 일곱 살 이후, 네모반듯한 창으로 햇살이 비쳐들 때마다 나를 지배한 것은 단 하나의 열망이었다. 아침 햇살을 보자마자 내가 제일 먼저 생각한 것은 나비였다"고 말할 정도로 그는 나비에 열광했다.

나는 여러 가지 모습으로 변장을 하고 다양한 나라들로 나비 사냥을 다녔다. 어릴 적에는 반바지에 마도로스 모자를 쓰고 나비를 잡으러 다녔고, 젊은 시절 고향을 떠나 세계주의자를 자처할 때는 껑충한 키에 플란넬 가방을 메고 바스크 모자를 쓰고 나비를 잡으러 다녔으며, 노인이 되어서는 뚱뚱한 몸집에 짧은 바지를 입고 모자도 쓰지 않은 채 나비를 쫓아다녔다. 내 채집 상자들은 대부분 비라(어린 시절의 상트페테르부르크 집)의 우리 집과 운명을 같이했다. 우리 집에 있던 채집장과 얄타 박물관에 기증한 표본들 역시 좀벌레나 다른 해충의 피해를 입고 파괴되었을 것이다. 망명 중에

남유럽에서 모아들인 수집품은 제2차 세계대전 중에 파리에서 사라졌다.

그의 자전적 회고록인 『말하라, 기억이여』를 읽어보면(그 중에서도 제6장인 「나비들」을 보면) 그가 어린 시절부터 죽을 때까지 왜 그토록 나비를 찾아다니고 나비에게 열광할 수밖에 없었는지 상세히 나와 있다. 그는 자신의 나비 사랑을 "천년이 지나도록 사라지지 않을 시이며, 그 시를 무아경에 빠져 한 편 한 편 읽으며, 한 부분과 다른 부분의 무늬가 겹쳐지도록 접어둔 마법의 융단과 같다"고 말했다. 그리고 나비채집 여행 중에 새로운 나비나 희귀한 나비, 옛 인시류 학자들이 잘못 표기한 나비들을 발견할 때면 그 엄청난 희열과 열광, 크고 작은 엑스터시에 숨이 막힌다고 했다. 그는 한마디로 다른 인시류 연구가들과 달리 매우 독창적인 길을 걸었다. 그 때문에 생전에는 그의 나비 연구 업적에 더러 몰이해를 받았지만, 지금은 모두가 나비를 기술한 그의 방식뿐만 아니라 스스로 악령이라 부른 그의 끝없는 나비 사랑과 열정을 그가 남긴 위대한 업적으로 부러워하고 있다.

그는 러시아 제국의 수도 상트페테르부르크에서 아주 부유한 귀족 집안(하인이 50명이나 되는)에서 태어났다(1899년 4월 23일). 가족 모두가 3개 국어(러시아어, 영어, 프랑스어)를 쓸 만큼 진보적이고 지적인 데다 인시류에 대한 관심 또한 아주 높았다. 특히 그의 아버지는 나비 표본실을 따로 만들어놓을 만큼 대단한 나비 수집가였다. 그 때문에 그는 아주 어릴 때부터 인시류에 눈을 떴다.

1917년, 볼셰비키 혁명의 여파로 그의 가족 모두가 거의 빈털터리가 되어 조국을 등지고 서유럽, 영국, 독일, 프랑스로 20여 년에 걸친 망명생활을 하기 전까지, 그는 참으로 행복하고 유복한 어린 시절을 보냈다. 망명생활 도중 러시아의 극우파에 의해 아버지가 독일 베를린에서 암살당하고, 가족들이 뿔뿔이 흩어져 살아야 했을 때도 그를 가난과 소외에서 견디고 지탱하게 해준 건 아버지와 함께한 나비 사랑과 글쓰기였다고 한다(그때의 심중은 그의 장편 『창백한 불꽃』을 통해 어느 정도 엿볼 수 있다).

하여 그가 1940년, 나치들을 피해 미국으로 또 한 번 망명, 하버드 대학의 비교동물학박물관에서 특별연구원으로 일할 수 있게 된 것은 그에게 기적 같은, 크나큰 선물이 아닐 수 없었다. 그는 그곳에서 하루 열네 시간이 넘게 일하면서도 "어른이 된 후로 내 인생에서 가장 기쁘고 활력 넘치는 나날들"이라고 말할 정도로 인시류 연구에 몰두했다. 그리고 시간만 나면 부인이 운전하는 차를 타고(나보코프는 운전을 전혀 하지 못했다) 나비 채집 여행을 다녔다.

부전나비

그가 그 당시 채집하고 분류하고 정리한 수천 점의 나비 표본들은 비교동물학박물관(지금의 문화자연사박물관), 미국 자연사박물관, 코넬 대학의 곤충학박물관, 피츠버그의 카네기박물관 컬렉션 등에 진열되어 있다.

그가 『롤리타』의 대성공으로 경제적 여유가 생겨 미국에서 스위스로 이주(1959년)하여 죽을 때(1977년)까지 유럽에서 만든 수천 점의 표본들도 로잔의 주립 동물박물관에 독창적인 독립 컬렉션으로 보존되어 있다. 나비 채집가로서 나보코프는 종을 가리지 않고 모든 나비를 채집했으나 그가 인시류 연구가로서 특별히 관심을 기울인 분야는 라틴아메리카 부전나빗과 '블루'였다. 그가 분류, 수행한 그 부전나비 그룹의 재배치는 지금도 과학적 유효성을 그대로 지니고 있으며 탁월한 성과로 인정받고 있다.

나는 '서대문자연사박물관'에서 우리나라 부전나빗과의 나비들을 찾아보았다. 연한 쪽빛의 아주 작고 예쁜 암먹부전나비, 수컷은 푸른색이고 암컷은 갈색인 북방푸른부전나비, 그리고 연한 갈색에 녹색을 띤 녹색부전나비들. 그 나비들을 바라보면서 "나는 현장에서, 연구실에서, 도서관에서 인시류를 연구할 때 문학적 탐구와 숙련을 향한 것에서보다 더 행복한 열정에 빠집니다. 다시 말해 엄청난 희열을 느끼지요"라고 말했던 나보코프의 마음을 알 것 같았다. 이 세상에 나비의 변태(變態)와 의태(擬態)만큼 신비롭고 흥미진진한 고혹이 또 어디 있으랴. 분명 나비는 우리와 다른 차원의 세계에서 왔을 것이다. 그런 나비를 연구하고 사랑한다는 건 분명 자신의 삶에 또 다른 하나의 차원을 더하는 것과 같았을 것이다!

나의 연구는 고혹적이지만 나를 거의 탈진하게 만든다. (…) 내가 지금 점검하고 있는 기관을 본 사람이 내 이전에는 아무도 없다는 사실을 깨닫는 것, 그 전에는 아무도 감지하지 못한 관계를 추구하는 것, 그 자신의 지평선에 둘러싸인 눈부실 정도로 빛나는 백색의 광장, 침묵만이 지배하는 현미경적 세계의 경이로움에 스스로를 삼투시키는 것, 이 모두가 너무도 유혹적이어서 나로서는 도저히 묘사할 수가 없구나.

누이에게 보낸 편지 중에서(1945년)

커다란 나비채집망을 들고, 반바지에 바스크 모자를 쓰고, 목이 긴 양말을 신은, 금방이라도 웃음이 터져 나올 것 같

은 나보코프의 모습. 나비 채집 중인 66세의 나보코프를 찍은 필립 할스먼의 사진을 보면 나도 모르게 웃음이 나온다. 이 사진은 『새터데이 이브닝 포스터』지에 실리면서 하나의 문학적 아이콘이 되었다. 나는 이 사진에서 그가 유머 감각이 뛰어난, 재미있고 선량한 영혼의 소유자라는 걸 느꼈다. 더 재미있는 건 그 당시 그가 들고 다닌 그 커다란 나비채집망이 지금까지도 코넬 대학 곤충학부에 성스러운 유물로 보존되어 있다는 것이다.

작가로서의 나보코프도 멋지지만 인시류 연구가로서의 나보코프도 참으로 위대하고 멋지다. 그가 연구실에서 나비가 들어 있는 깔유리 케이스들이 가득한 캐비닛 문을 여는 모습이나 방금 채집한 나비들을 스케치하는(그는 그림솜씨도 뛰어났다) 모습이나 뉴기니 숲이나 어느 후미진 골목에서 발견한 희귀 나비에 환호하는 모습 등은 상상만으로도 내게 하나의 커다란 전율로 다가온다. 그리고 그의 이름을 딴 무수한 블루 나비들이 잠들어 있는 「나보코프 프로젝트」(이 프로젝트는 인시류 후학자들이 나보코프의 업적을 인정하고 더 연구하기 위해 만든 프로젝트다. 이들은 신종 라틴아메리카 블루를 발견하면 그 나비들에게 나보코프가 나비채집을 위해 다닌 곳, 그의 책 속의 주인공, 주변 사람들의 이름을 따서 나비 이름을 지어주고 있다. 예를 들면 롤리타의 블루, 베라(나보코프 부인)의 블루 등등으로). 그 황홀하고 진지한 표본실의 백일몽들. 정말 나보코프야말로 문학과 인시류라는 두 마리 토끼를 한꺼번에 다 잡은, 20세기의 가장 빛나고 행복한 작가가 아닐까.

나는 발견하고 명명한다.
라틴어로 분류학의 시를 쓰는 것,
그리하여 한 곤충의 내부, 그의 첫 기재자가 되리니.
그 이상의 영예는 원치 않는다.

핀에 꽂혀 펼쳐진 채(비록 그대로 잠이 들었건만)
스멀스멀 다가드는 먼 친척들과
녹슬지 모를 위험에서 벗어나
기준 표본을 보관하는 격리된 성채에서, 그것은 사체를 초탈한다.

심오한 그림들, 왕좌, 순례자들의 입 맞추는 돌들,

천년이 지나도록 사라지지 않을 시들,

그러나 모든 것은 한 조그만 나비에 붙은

붉은 라벨의 영원불멸성을 고작 흉내 낸 것에 불과하리라.

블리디미르 나보코프의 시, 「나비의 발견」 중에서

그가 평생 연구한 부전나비들은 정말 작고 예쁘다. 흩날리는 벚꽃 같다. 마치 작은 것이 아름답다는 말이 이들 부전나빗과 나비들을 위해 만든 말처럼. 블루나비들을 알기 전 내가 좋아한 나비는 노랑나비였다. 색 중에서 노란색을 가장 좋아하기도 했지만 내 눈에는 왠지 나비들 중에서 노랑나비들이 가장 착해 보였기 때문이다. 그러다 나보코프가 평생 사랑하고 좋아했던 아주 작은 나비, 블루나비들을 알게 되면서부터 그들도 함께 좋아하게 되었다. '블루'란 부전나빗과에 속하는, 지금은 부전나비아과로 알려진 지구상에 널리 분포하는 작은 나비 무리를 일컫는다. 블루라는 이름과는 달리 실제 색상은 갈색이거나 흰색, 회색 등이 더 많다.

지금까지 알려진 나비는 대략 15만 종이 넘는다. 나비는

1만 8천 종, 나방은 14만 7천 종에 이르며, 둘 다 나비목에 속한다. 나비와 나방의 차이: 나비는 나방과 달리 주로 낮에 활동하며, 더듬이가 뭉툭하며, 대개 나방에 비해 색상이 화려하고, 일반적으로 몸통 위쪽으로 날개를 퍼덕인다. 반면에 나방은 나비에 비해 몸에 털이 많은 편이며, 일반적으로 나비에게는 없는, 앞날개와 뒷날개를 연결하는 연결가시가 있다.

나비의 삶은 정말 신기하고 불가사의하다. 마치 마법의 신화를 보여주는 듯하다. 알에서 애벌레로, 애벌레에서 번데기로, 번데기에서 나비로 찬란하게 날아오른다. 나보코프는 그 황홀한 부화를 「크리스마스」라는 아름답고 슬픈 단편에서 적나라하게 보여주고 있다. 크리스마스이브의 깊은 밤, 먼저 죽은 아들의 유품을 안고 깊은 절망에 빠져 '자살'을 꿈꾸는 주인공 앞에 유품 속에 잠들어 있던 아타쿠스나방의 고치가 깨어나 부활하는 장면을 장엄하게 너무나 장엄하게 보여주고 있다. 그 장면은 숨이 확, 하고 멎을 만큼 감동적이고 황홀하다. 인시류 학자가 아니면 감히 표현해낼 수 없는 멋진 장면이다. 아타쿠스(Attacus)나방은 아틀라스나방이라고도 하며, 세계에서 가장 큰 나방으로 알려져 있다.

이렇듯 나보코프는 나비(나방도 포함)를 다루는 상당한 분량의 시와 작품들을 남겼다. 그중 단편 「오릴리언(aurelian): 나비와 나방을 채집하고 사육하는 사람」과 장편 『선물』 『창백한 불꽃』 『아다 또는 열정: 어느 가족의 연대기』 『프닌』 등은 정말 아름답다. 장편 『창백한 불꽃』에 나오는 숙명의 나비, 네발나비 바네사 아탈란타는 나보코프가 좋아했던 나비의 한 종류로 날개의 아랫면에 1881처럼 보이는 무늬를 갖고 있다.

단편 「오릴리언」에 나오는 모르포나비는 아메리카 대륙의 열대산 나비류 중 규모가 작은 모르포나비과에 속하는 나비이다. 모르포나비과에 속한 모나크나비는 적갈색과 검은 줄의 화려한 날개를 자랑하는 나비로 날개를 활짝 펴면 10cm나 된다. 북아메리카에서 가장 인기가 많고, 사랑받는 나비인 이 나비의 애벌레는 밀크위드 잎사귀만 먹기 때문에 철 따라 대이동을 한다. 나비 수백 마리가 겨울을 나기 위해 캐나다와 북부 지역에서 멕시코의 특정 산악지대로 대략 3천 킬로미터를 날아간다. 그리고 봄이 되면 다시 북쪽으로 돌아간다. 그 군무는 정말 장관이다.

주인공 파울 필그람이 마다가스카르에서 온 한 아름다운 생물을 언급하는데, 그것은 나비가 아니라 화려한 녹색나방인

선셋나방(Sunser moth)이다. 선셋나방은 나방임에도 나비보다 더 아름답다.

영화 〈양들의 침묵〉에서 연쇄 살인범이 희생자의 목구멍에 집어넣는 것은 해골박각시나방의 번데기이다. 이 해골박각시나방은 노랑과 검정 무늬가 새겨진 나방으로 무게가 거의 쥐와 맞먹고, 등에는 해골 무늬가 있다. 이 나방은 불안해지면 찍찍 소리를 내고, 끝이 뾰족한 입으로는 벌집의 밀랍을 뚫어 꿀을 훔쳐 먹는다. 해골 무늬는 여왕벌의 머리를 흉내낸 것으로, 일벌의 공격을 피하기 위한 술책이다. 찍찍거리는 소리도 일벌을 진압하기 위한 수단이라고 한다.

나보코프는 이렇듯 특유의 난해할 정도로 화려한 문체와 누구와도 비견할 수 없는 언어의 힘으로 인시류가 주는 매혹을 그 누구보다도 매력적으로 작품 곳곳에 보여주고 있다. 인시류에 관심 많은 사람들에게는 최고의 선물이 될 것이다. 그가 이처럼 인시류를 문학으로 육화하는 데 성공한 이유는 자신의 문학과 과학의 관계를 너무나도 잘 이해하여 그 경계를 철저히 잘 지켰기 때문이며 소설을 쓰는 것과 과학지에 실을 소논문 사이의 차이 또한 명확히 잘 알고 있었기 때문이다. 그는 언제나 글을 쓰지 않고 현미경 뒤에 앉아 있을 때면 의도적으로 문학적 영향력을 뒤로 한 채로 철두철미한 과학자가 되었다고 한다. 그 덕분에 모두가 그를 현대 과학의 그 어떤 분파도 갖지 못한 인시류학의 안내자, 전도사, 정령(精靈)이라고 부르는 것인지도 모른다.

그럼에도 불구하고 그는 누가 뭐래도 우리가 사랑하는 20세기의 빼어난 작가 중 한 사람이다. 그는 러시아어와 영어로 쓴 17권의 소설 이외에도 시, 희곡, 영화대본, 평론 등을 남겼다. 그는 자신의 모든 경험들을 자신의 글에 모두 녹여 썼다. 나보코프의 글은 숨은 그림 찾기라는 말이 있듯이 그는 모국어인 러시아어와 영어를 나비의 의태처럼 교묘하게 매혹적으로 잘 섞어 쓴 작가로도 유명하다. 하여 번역하기가 쉽지 않아 그의 문학적 명성에도 불구하고 우리나라에 번역된 책이 많지 않을지도 모른다. 그래도 나는 그가 커다란 나비채집망을 들고 나비를 찾아다니는 그 모습만으로도 그를 더더 알고 싶고, 그를 더더 사랑하고 싶다. 그의 말처럼 "고상한 예술과 순수 과학에서 디테일은 곧 모든 것이므로!"

아주 작은
문학선(文學船)이 되어

오늘도 나는 죽은 지 오래된 사람들과 함께 아침 식탁에 앉아 있다. 창 밖엔 깊은 가을에 온몸이 으스스해진 나무들이 얼룩덜룩 단풍 든 수백 개의 손들을 비비고 있다. 오늘은 할머니가 제일 먼저 나타나 생전에 좋아했던 소고기국 앞에 앉아 숟가락을 들고 있다. 그 옆에 앉은 언니는 계란말이를 쳐다보며 고개를 절래절래 흔들며 내 요리솜씨를 탓하고 있다. 나는 언니나 동생에 비해 요리솜씨가 없는 편이다. 대충 만들어 대충 먹는 편이다. 진수성찬보다는 담백한 식단을 더 선호한다. 내게 있어 음식은 배고플 때 먹는 음식이 제일 맛있다. 그런 나를 늘 못마땅해 하던 언니는 죽어서도 내가 만든 음식이 영 마음에 차지 않는 모양이다.

대형 거울에 비친 식탁엔 나밖에 보이지 않는데 내 눈에는 할머니도 보이고 아버지도 보이고 어머니도 보이고 언니도 보인다. 언제부터인가 내 눈에 그들, 죽은 사람들이 보이기 시작했다. 눈으로 보이는 게 아니라 마음으로 보였다. "죽고 사는 건 물소리 같다"고 마종기 시인이 말했던가. 그 시구처럼 나는 이제는 죽은 사람들과 산 사람들 사이를 물처럼 흘러 다니는 데 익숙해졌다.

특히 이 책을 준비하면서는 더욱 그랬다. 지나간 시대의 작가들을 만나면서 오히려 산 사람보다도 훨씬 편하다는 걸 느꼈다. 그들은 절대 산 사람을 해치지 않는다. 이미 죽었으므로 삶과 죽음을 사이에 두고 싸우거나 시기, 질투할 필요가 없기 때문이다. 그리고 그들은 절대 말을 하지 않는다. 사랑이 그득한 눈으로만 말한다. 아니다. 그들은 눈으로도 아무런 말을 하지 않는다. 그저 내 곁에 가만히 앉아 있거나 주변을 맴돌 뿐 말은 언제나 내가 먼저 시작하고 내가 먼저 끝을 맺는다.

여중 시절 좋아했던 남자애도 가끔 나타나 나를 미소 짓게 만든다. 우리는 교회에서 처음 만나 아무도 없는 예배실에서 첫 키스를 했다. 8월의 늦은 오후였고 해가 지고 있었다. 그때부터 나는 해질 녘의 여름 오후를 좋아하게 되었다. 무지 깔

끔하고 점잖고 의젓해서 모두가 좋아했던 그 남자애. 그 애는 고등학교 2학년 때 가스중독으로 죽었다. 아직도 나는 그 애가 죽기 전 보낸 편지를 가지고 있다.

죽어서도 그 애는 나를 잊지 않고 가끔씩 찾아와 내 곁에 머물다 돌아갔다. 그럴 때면 나는 읽고 있던 책을 소리 내어 읽어주거나 그 애가 좋아했던 음악을 틀어주었다.

하루는 내가 아주 싫어했던 남자애가 찾아와 주변을 맴돌기에 가엾은 마음에 커피 한 잔을 대접했다. 죽어서도 그 남자애는 커피를 후후 불어가며 마셨다. 그때는 그 모습이 보기 싫었었는데 지금 보니 꽤 귀엽기도 해 나는 그 남자애에게 읽고 있던 레이 브래드버리의 『민들레 와인』 중 몇 단락을 읽어주었다.

밤이 어떻게 생겼는지 말해줄게. 밤은 나무 그림자들 때문에 생겨났어. 이 세상에는 50억 개의 나무가 있고 나는 그걸 바라 봐. 나무마다 그림자가 있어. 50억 개의 나무 아래서 그림자들이 기어 나와. 그 그림자들이 날아다니며 공중을 까맣게 물들이는 거야. 우리가 그 50억 개의 그림자들을 나무 아래 그대로 붙잡아 둘 수가 있으면, 밤 시간의 반쯤은 자지 않아도 될 거야. 밤이 없을 테니까.

그래도 나는 밤이 없는 것보다는 밤이 있는 게 훨씬 좋다. 만약 밤이 없다면 간절한 그리움도 용서도 뜨거운 사랑도 없을 테고, 50억 개의 나무 그림자들이 펼치는 어둠의 군무도 볼 수 없을 테고, 지금 내가 쓰고 있는 이런 꿈 이야기도 아무런 의미가 없을 테니….

나는 언제나 작은 것이 아름답고 작은 기쁨들이 모여 사람을 사람답게 만들어준다는 데에 손을 든다. 그런 마음으로 글을 쓰고 책을 읽고 밥을 먹고 사람들을 만난다. 나는 사람들이 말하는 완벽을 추구하지 않는다. 완벽하다고 소문난 사람을 만나 봐도 그 사람 자체가 완벽하다는 느낌을 온전히 받은 적이 없다. 완벽은 꿈이다. 세상에 많은 꿈 중 하나일 뿐이다. 그리고 그 꿈은 내 취향이 아니다. 나는 손해를 많이 보고 외롭더라도 내 취향대로 살고 싶다. 내가 좋아하는 작가들 중에도 완벽한 인간은 없다. 그러나 그들의 문학은 언제나 나를 만족시킨다. 향기도 이미지도 느낌도 사고도 다 좋다. 그들 중에는 나보다 더 어렵게 산 사람도 있고, 나 같은 사람은 감히 엄두도 못 낼 높은 문학적 경지에 오른 사람들도 있다. 그러나 그들이 내 곁에 나타날 때는 거의가 다 다정하고 따뜻하다. 죽은 사람들은 절대 산 사람을 얕보지 않는다. 내가 조금 부족해도 그들은 그 부족한 점을 넌지시 알게 해준다. 자신이 쓴 책을 통해, 그림을 통해, 음악을 통해, 언젠가는 그 부족한 점을 내가 깨닫게 해준다.

내가 우정에 대해 슬퍼할 때면 돈키호테와 로시난테가 그려진 귀스타브 도레의 〈지친 돈키호테〉 삽화(모험에 지친 돈키호테가 애마 로시난테의 등에 기대 잠든 모습)를 보게 하여 꼭 인간들끼리의 우정만이 전부가 아니라는 걸 - 잠든 주인을 바라보는 로시난테의 다정다감한 눈빛 - 을 통해 넌지시 알려준다.

어느새 하루가 저물고 있다. 나는 그들과 함께 앉아 석양을 바라보는 것이 참 좋다. 그들과 함께 있으면서도 나는 그들이 그립다. 그들은 이미 이곳을 떠나 별이 되었거나 새가 되었거나 달팽이가 되었거나 꽃이 되었을 텐데… 그래도 나는 그들이 그립다. 그들의 책을 펼치고, 그들의 꿈을 꾸고, 구두 굽이 다 닳도록 그들의 문학 위에서 서성이는 게 좋다. 오늘밤 꿈에는 내가 그들을 태운 아주 작은 문학선(文學船)이 되어 그들과 함께 톰 웨이츠의 노래나 실컷 들었으면 좋겠다. 그의 놋쇠 같은 격한 목소리에 조금씩 선한 여명이 묻어나올 때까지….

오늘은 바람이 좋아, 살아야겠다!

초판 1쇄 인쇄 2017년 7월 21일
초판 1쇄 발행 2017년 7월 26일

지은이 김상미
펴낸이 김명숙
펴낸곳 나무발전소

등록 2009년 5월 8일(제313-2009-98호)
주소 04073 서울시 마포구 합정동 358-3 서정빌딩 8층
이메일 tpowerstation@hanmail.net
전화 02)333-1962
팩스 02)333-1961

ISBN 979-11-86536-49-0 03810

※책값은 뒤표지에 있습니다.

※ 외부 이미지 출처

68쪽 _ 잉게보르크 바흐만
〈Imageno / Getty Images / 게티이미지코리아〉

110쪽 _ 폴 발레리
〈Albin Guillot / Roger Viollet / Getty Images / 게티이미지코리아〉

148쪽 _ 시도니 가브리엘 콜레트
〈Friedrich / INTERFOTO / Yooniq Images〉